KB063305

그걸 왜 이제
얘기해

그걸 왜 이제
얘기해

봉부아 소설

차례

제 책이 어쩌다 건지 섬까지 갔을까요?
아마도 책들은 저마다 일종의 은밀한 귀소본능이 있어서
자기한테 어울리는 독자를 찾아가는 모양이에요.
그게 사실이라면 얼마나 즐거운 일인지요.

《건지 감자껍질파이 북클럽》
메리 앤 섀퍼, 애니 배로스

믿기지 않는
일이
일어난다

*

    믿기지 않는 일이 일어난다. 평소 흠모해 마지않던 저명한 작가가 대중에게 내 블로그를 알리고 또 그의 동료 작가가 나를 출판사에 소개하는 일이 벌어진다. 결국 그 출판사가 내게 출간을 제안한다. 뜻밖의 일에 얼떨떨하여 볼에 손바닥을 대어본다. 따뜻하다 못해 뜨끈한 열감이 현실임을 말해준다.

    얼마 전 철학관에서의 일이 떠오른다. 친구 미영이가 사주를 보러 간다기에 구경 삼아 따라갔다(남부러울 거 하나 없어 보이는 미영이도 사는 게 답답하다고 했다). 나는 사례비가 부담되어 마다했지만, 온 김에 들어보라는 미영의 부추김에 처음 보는 선생에게 태어난 생시를 불렀다. 선생은 종이에 한자를 마구 쓰더니 복이 지지리도 없던 초년을 지나 이제 운이 들어오는 때라고 했다. 이별 수도 보이지만 새로운 인연도 생기고 살림도 나아질 거라고 했다. 나는 옆에 앉은 미영을 가리키며 "얘만큼 부자가 되나요?"라고 물었다. 선생은 "운의 크기는 사람마다 다르다"라고 말했다.

혹시 지금이 운이 들어온다는 그때인가요? 다시 묻고 싶어 철학관에 전화를 넣어보지만 없는 번호라는 안내 음성에 놀란다. 미영의 모친과 그 할머니까지 오랜 세월 동안 다닌 철학관이라고 했는데, 나의 길운을 점치고 갑자기 사라졌다고? 불안감에 휩싸인다.

일어날 수 있는 모든 일 중에 최악을 말하는 대학 병원 의사처럼 내 생각의 흐름은 어느새 불행의 강물을 따라 걷는다. 모든 상황이 나를 놀리기 위한 몰래카메라는 아닐까, 출판사 대표는 심사숙고한 건가(내 블로그 글을 읽고도 출간하자고 하다니!), 출판사가 종이 가격 인상이나 인쇄 기계를 수리해야 한다는 명목으로 비용을 청구하는 사기꾼은 아닐까, 하는 의심이 피어오른다. 하지만 점차 어떤 욕망이 꿈틀거리며 사기든 출판사의 실력이든 모르겠고, 계약이 성사되기만을 바라게 된다. 그럴듯한 타이틀이 생긴다면(이

를테면 '작가'라는) 직업 쓰는 칸을 마주했을 때 당당
해진 나를 상상한 후다.

남편에게 소식을 알린다. 놀라지 말라고 말하고는
내가 되려 들뜬 목소리로 출판사에서 책을 내자는 제
의가 들어왔다고 얘기한다. 남편도 기쁜 게 확실하
지만, 차분한 톤을 유지하려 애쓰며 그 출판사가 어
떤 책을 펴냈는지 먼저 살펴보라고 한다. 출간도 좋
지만, 저급한 책을 펴냈거나 반사회적인 이념이 담긴
책을 출간한 이력이 있다면 피하는 게 좋다고 충고한
다. 나는 일리 있는 의견이라며, 그의 분별 있는 생각
에 감탄한다.

검색창에 출판사 이름을 넣어본다. 출간된 책의 목
록을 확인하고 다양한 주제의 온건한 여러 책에 안심
한다. 곧바로 다른 상념이 이어진다. 출판사 대표의
마음이 변하지 않을까, 친분 있는 작가가 소개했다는
이유로 충동적인 제안을 한 건 아니었을까 하는 우려
로 마음이 심란해진다.

들뜨는 동시에 불안한 마음을 애써 누르며 잠이 들
도록 노력한다.

*

어제의 흥분이 가시지 않는다. 출간 제의가 곧바로 계약을 의미하지는 않나 보다. 아무리 테이프를 뒤로 감아 봐도 계약서에 언제 도장을 찍자는 이야기는 기억나지 않는다. 출판사 대표로부터 전화가 왔을 때 내가 혹시 부정적인 반응을 보였나, 미지근하게 대답했나 기억을 더듬어 본다. 내가 겸손한 척하느라 이 정도 글밖에 못 쓰는데 괜찮냐고 물었던 게 생각나 후회된다(책의 운명에 맡긴다는 답을 들었다. 로맨틱한 대답이다. 반대로 좀 무책임한 듯하기도). 이성적으로 생각하려 애쓴다. 그녀가 분명히 책을 내자고 했고 나는 거절의 말을 결단코 한 적이 없다. 차분히 다음 연락을 기다려 보기로 한다.

한편으로는 입이 근질거리고 마음이 들떠 누구에게든 나의 변화에 대해 털어놓고 싶은 욕구가 생긴다. 내 소식을 축하할 사람의 얼굴을 떠올려 본다. 나의 절친한 친구인 세진은 자기 일인 듯 무조건 기뻐할 것이다. 세진에게는 만나서 이야기해야겠다. 좋아하는 얼굴을 직접 보고 싶다. 또 다른 나의 오랜 친구인 미영이 생각난다. 하지만 그녀가 과연 내 일에 기뻐해 줄까 하는 의문이 들어 전화하고픈 마음이 사그라든다(나 역시 미영의 좋은 일에 기뻐하기보다는 피어나는 질투로 시큰둥하게 답했던 기억이 떠올라 양심의 가책을 느낀다). 그리고 또 누가 있지? 교류가 있는 고등학교 동창들이 있지만, 연락이 뜸해서 갑자기 전화해 자랑을 늘어놓기에는 면이 부끄럽다.

세상을 살아가는 데는 많은 사람도 필요 없고 세 명의 친구면 충분하다고 하는데, 떠오르는 막역한 사람이라고는 둘 뿐이니 어쩐지 쓸쓸한 기분이 든다(그중에 하나는 진정한 친구라고 할 수도 없다). 인생을 잘못 살아가고 있나, 하는 부끄러움과 이런 사람이 세상을 향해 무슨 글을 쓸 수 있다는 말인가 하는 자괴감이 든다. 어째 출간 제의가 들어온 이후로 자신과 주변을 돌아보게 되고, 그 결과로 번민만 쌓이는 듯하다.

*

고양이는 주로 봄과 가을에 털갈이한다. 우리 고양이는 항상 좋은 계절인지 일 년 내내 털을 뿜고 다닌다. 게다가 가족을 지키겠다는 듯 밤새 이 방 저 방을 옮겨 다니는 통에 아침이면 이불 모두를 터는 일로 하루를 시작한다. 오늘처럼 구름 한 점 없이 맑은 날에는 봄 햇살이 아까워 부지런히 이불 빨래를 한다. 세탁기의 작동음을 들으며 책을 펼친다. 눈을 감지 않으려 노력하지만, 밥만 먹으면 졸음이 오는 것처럼 글만 읽으면 잠이 쏟아진다. 내 헛발질에 놀라 잠이 깬다. 카페나 도서관이 아니어서 다행이다. 급히 부끄러움을 느끼며 작문 공부는커녕 문학에 대한 기본 소양조차 없는 내가 책이라는 귀한 매체를 내도 될까 고민한다. 내면의 소리를 끝까지 따라가자 문학에 대한 경외심보다는 출간 후 세간의 평가를 걱정하고 있는 자신을 발견한다. 놀라운 자기애에 소름이 돋는다.

마지막 이불을 널고 산책하러 나간다. 어지럽고 약한 마음을 가라앉히는 데는 걷기만 한 게 없다. 텀블러를 들었다가 내려놓고, 주머니에 넣었던 장바구니도 뺀다. 그저 가벼이 걷고만 싶다. 갑자기 떡볶이 생각이 날지도 모르니 만 원짜리 한 장을 접어 바지 뒷주머니에 꽂는다. 남편의 저금통에서 백 원 동전 몇 개도 챙긴다(남편이 돈이 줄어든다고 의심해도 시치미 뗀다). 어느 길을 걸을까 고민한다. 고요한 뒷산, 대학교 캠퍼스 한 바퀴, 활기찬 번화가나 재래시장까지 다녀오는 길도 좋겠다.

발길은 익숙한 시립 공원으로 향한다. 하늘에 닿을

듯 키 큰 미루나무 길을 걷다가 즐거운 비명을 지르는 아이들과 지친 표정의 부모들이 앉은 놀이터를 지난다. 호수 한가운데 나무, 그 나뭇가지 사이에 미동도 없이 앉은 해오라기를 보다가 낮은 산을 올랐다가 내려온다. 청소년 수련관 앞에서 (남편의 동전으로) 자판기 커피 한 잔을 뽑아 잔디 광장이 내려다보이는 계단에 앉는다. 걷는 사람들, 뛰는 강아지, 자른 손톱 모양의 달, 바람을 타는 연, 구름과 나무를 본다. 노을이 지기 시작하면 주황빛으로 물드는 모든 풍경이 내게 말을 건다. 우리 같은 작은 존재가 할 수 있는 일은 그저 눈앞의 일에 최선을 다하는 것뿐이라고, 무엇도 두려워하지 말고 무엇에도 감사하라고. 일어나 엉덩이를 툭툭 털고 다시 자박자박 걷는다.

집에 들어오자마자 샤워하고 또 세탁기를 돌린다. 건조기까지 작동시켜 놓고 종료음을 기다리는데 눈이 무겁다. 오늘의 빨래 접기를 내일로 미루고 이불 속으로 파고든다. 이불에서 햇빛 냄새가 난다. 잠이 들려는 순간 번쩍하고 바지 뒷주머니의 만 원짜리 지폐가 떠오른다. 머리로는 세종대왕을 구해야 한다고 생각하면서도 어쩐지 눈은 점점 더 깊이 감긴다. 오늘 내가 무슨 고민을 했더라? 그것도 생각나지 않는다.

*

달걀 장조림이 맛있게 됐다. 식구들이 밥에 국물만 비벼도 맛있다고 극찬한다. 다시마와 대파 뿌리를 듬뿍 넣어 끓인 육수가 맛의 비법인 듯하다. 다시마의 유통기한이 지나있었다는 말은 하지 않아야겠다. 망칠까 봐 딱 한 끼 먹을 만큼만 했는데, 꼭 이럴 때만 맛있게 되더라. 딸내미가 이번에는 아예 서른 개를 해달라고 한다. 나도 모르게 남편의 눈치를 본다. 남편은 달걀 한 판 다 버리겠네, 하는 표정을 지었고 나도 딱히 부정할 수가 없다. 그러면서도 끓어오르는 모성애로 아이에게 고개를 끄덕이고 만다. 우연이 두 번 일어날 수도 있는 거지. 왠지 모르게 자신감이 솟는다.

달걀 한 판을 사 온다. 갑자기 소심해져 스무 개만 삶는다. 달걀 열 개를 살린 기분이다. 찬물에 담가둔 달걀을 깐다. 껍질이 말끔하게 안 까져 너덜너덜한 달걀이 늘어난다. '이걸 하나 제대로 못 하니' 하는 남편의 깐깐한 눈빛이 떠올라 기가 죽는다. 이럴 때일수록 정신을 붙들고 나를 토닥인다. 애초에 달걀 껍데기는 잘 안 까지는 거라고 멋대로 생각한다. 마음이 한결 가벼워진다.

좋은 우연은 두 번 일어나지 않는다. 어제는 간이 적당했는데 오늘은 달걀 한 개로 밥 한솥을 비빌 수 있을 것 같다. 달걀 한 판을 다시 삶아 넣고 물을 부으면 짠맛이 중화될까. 짠 달걀 오십 개가 되려나. 달걀 장조림은 원래 만들기 어려운 음식이라고 또 마음대로 생각해 버린다. 남편에게 걸려 잔소리 듣기 전에 일단 냉장고에 깊이 숨긴다.

오늘도 출판사로부터 다른 연락은 없다. 그래서 계약은 언제 할 거냐고 먼저 물어봐야 할까? 글을 쓸 생각은 안 하고 계약에만 관심이 있으니 앞뒤가 안 맞는 게 분명하다는 생각이 들며 낙장불입이라는 사자성어가 떠오른다. 일단 도장부터 찍게 하고 다음 일을 걱정하기로.

*

핸드폰 알람이 울려 득달같이 집어 든다. 출판사 대표의 이름이 뜬다. 메시지가 연거푸 들어와 순식간에 여러 개가 쌓인다. (한 문장을 다 쓴 후에 전송하는 사람이 있는가 하면, 어떤 이는 호흡마다 끊어서 보낸다. 메시지 보내는 방식과 성격의 연관성을 연구하면 재미있을 듯.) 무슨 내용인지 당장 보고 싶지만, 똥줄 타는 것처럼 보일까 봐 애써 참는다. 생각해보고 연락 달라는 메시지가 마지막으로 보인다(출판사 대표는 후자에 속하는 듯하다). 뭘 생각해보라는 거지? 생각할 건 본인이지 내가 아닌데? 물 한 잔을 천천히 마신다. 1분이 지난다. 괜히 일어나서 기지개를 켜고 허리를 돌린다. 또 1분이 지난다. 냉장고를 열어 저녁에 무슨 음식을 만들지 고민하는 척한다. 1분이 이렇게 긴 시간이었나? 인고의 세월을 견딘 끝에 (5분) 마치 바빠서 핸드폰은 잘 안 본다는 듯 메시지를 확인한다.

대표가 말하길, 내가 제안한 일상 수필보다는 블로그에 연재한 나의 오랜 아르바이트 경험담을 책으로 엮는 게 더 재미있을 것 같다며 '작가님'의 의견은 어떤지 생각해보고 연락 달라고 한다. '어우, 그럼요. 대표님 말씀이 저의 생각과 추호도 어긋나지 않습니다'라고 답을 쓰려는 순간 메시지가 하나 더 들어온다. 계약은 다음 주 토요일에 하자고. 나는 작성하던 문자를 다 지우고 그저 간단히 "네"라고만 적어 보낸다. 웃음이 삐져나온다. 남편에게 기쁜 소식을 재차 알리고 조만간 미용실에 가야겠다고도 말한다. 그가 출간 계약과 미용실이 무슨 상관이냐고 묻는다. 남자들은 이렇게 뭘 모른다.

세진에게 할 이야기가 있으니 내일 일찍 56번가 카페에서 만나자고 한다. 세진은 궁금해서 못 참겠다며 당장 말해 보라고 재촉한다.

"보증은 안 되지만 돈은 빌려줄게."

"그런 거 아니야."

"혹시 셋째? 요새 나이 오십에 애는 흠도 아니야."

나는 내일 얼굴 보며 얘기하겠다고 단호하게 말한다. "목소리에서 웃음이 느껴지는데? 나 잔뜩 기대하고 간다?" 세진은 이미 기뻐한다.

*

값도 싸고 양도 많이 준다는 커피 전문점을 지나간판도 잘 보이지 않는 작은 카페에 들어선다. 성성한 백발을 말끔히 빗어 넘긴 사장님이 은색 에스프레

소 머신을 흰 행주로 문질러 닦고 있다. 따뜻한 라테를 주문한다.

"프랜차이즈보다 좋은 원두를 쓰고 커피값도 저렴하다고 홍보 좀 하시죠."

나의 오지랖에 초로의 사장님은 그저 지긋이 웃고 만다. 긴 청색 데님 앞치마를 두른 사장님이 흰 거품이 봉긋하게 솟아오른 커피잔을 내 앞에 내려놓는다.

"문을 열어도 될까요?"

사장님의 점잖은 말투에 나도 우아한 여성인 듯 가만히 고개를 끄덕인다. 검은색 폴딩도어가 활짝 열리자 작은 카페가 키 큰 가로수까지 넓어진다. 테이블에 플라타너스가 내려앉는다.

저 멀리 키 작은 나의 친구가 통통 튀듯 걸어오는 모습이 보인다. 기분이 좋을 때의 걸음걸이다. 어느 날 무쇠 신발을 신은 듯 발을 질질 끌고 걷는다면 우울한 일이 있는 게 분명하다. 핸드폰 하나가 간신히 들어갈 만한 작은 손가방을 들고, 단발머리를 나풀거리며 오던 세진은 나를 발견하자 오른팔을 높이 들어 흔든다.

나의 절친한 친구는 놀라며 입을 틀어막고 기뻐한다. 나의 작은 성공이 마치 자기의 경사와 다름없다는 듯이.

"이제 시드니 셸던이나 아가사 크리스티처럼 되는 거야? 책에 내 이야기도 실렸어? 어느 출판사야? 계몽사? 금성출판사?"

세진이 소나기처럼 질문을 퍼붓는다. 네가 추리소설을 좋아하는지 몰랐어(그런데 너무 옛날 사람 아니니). 유감스럽게도 네 이야기는 안 나와. 작은 출판사야. 특히 1인 출판사라는 말에 세진의 눈빛이 걱정스럽게 변하더니 하는 말, "사기 안 당하게 조심해." 어쩌면 생각의 흐름이 이리도 나와 똑같은지, (의심 많은) 우리가 오랜 친구임을 새삼스레 깨닫는다.

*

미용실에 가야만 한다. 도저히 봐줄 수가 없다. 경사를 앞두고 이런 머리로 사람을 만날 수는 없다. 파마기 없이 축 처진 머리카락이 나이 들어 보인다. 숱이 없어서 더하다. 이 나이에 벌써 머리숱을 고민하게 될 줄 몰랐다. 조만간 부분 가발이나 앞머리 가발 잘하는 집을 수소문해야 할지도 모른다.

중년의 여성 원장이 혼자 운영하는 단골 미용실에

간다. 1인 미용실이라고 하니 조용하고 사적인 서비스를 받을 것 같지만, 실은 시끌벅적한 동네 사랑방이다. 머리를 하지 않아도 오가며 들르는 동네 할머니들이 전기온돌을 넣어 높인 평상에 앉았다 간다. 할머니들은 아욱 껍질을 벗기고 멸치 내장도 다듬다가 한 주먹씩 내려놓고 간다. 흡사 노인정 같은 풍경에 젊은 손님은 들어왔다가 뒤돌아 나가지만 파마 비용을 알게 되면 발길을 끊을 수 없다. 구청에서 '착한업소'라는 스티커를 붙여주었지만 착한 정도가 아니다. 미용계의 테레사라고 불러야 할지도.

원장님이 무심하게 파마 가운을 건넨다. 자리에 앉으면 둥그렇게 홈이 파진 개밥그릇처럼 생긴 도구가 목에 채워진다. 파마 롤을 마는 원장님의 야무진 손가락이 내 머리칼을 다 뽑을 것만 같다. 악 소리를 내고 싶지만, 발가락을 오므려 참는다. 내 머리를 마는 동안에도 원장님과 할머니들의 대화는 쉬지 않는다.

"그 옆집 이는 통 안 보이대?"

"지지난 주에 죽었잖여."

"그 아래께 이는?"

"노인정 남자랑 바람 나서 집에 안 들어와."

충격적인 사건도 사소한 일로 만들어버리는 내공은 세월에서 나오는 것일까. 할머니들의 이야기에 입술을 꽉 물어가며 웃음을 참는다. 요 아래 채소 가게에 들어온 냉이가 연하고 맛있다는 것, 사거리에 새로 생긴 반찬집 주인이 솜씨도 좋고 싹싹하더란 얘기를 귀담아듣는다. 할머니들 덕분에 억겁으로 느껴지던 시간이 순식간에 사라진다.

원장님이 내 머리에 보자기를 씌워준다. 오늘은 제발 얌전한 색이길 바란다. 저번에는 빨갛고 파란 태극무늬 보자기를 머리에 써서 애국자처럼 보였다. 오늘은 황금색이다. 아마 한우 선물 세트를 쌌던 보자기인 듯. 원장님이 한 시간 동안 집에 다녀오라는 걸 극구 사양한다. 《알리바바와 40인의 도적》에 나오는 두목 같은 모습이다.

이곳에서는 손님이라고 다리 꼬고 앉아서 마냥 잡지만 보지 않는다. 세탁기가 다 돌아가자 나보다 먼저 줄무늬 보자기를 쓰고 있던 아주머니가 빨래를 꺼내 건조대에 넌다. 걷어온 수건은 눈치껏 내가 접는다. 원장님이 닦아놓은 파마용 롤과 종이, 고무줄을 크기와 종류별로 나눈다. 커트 손님이 일어나자 빗자루를 찾아다가 바닥을 쓴다. 할머니들이 나를 따스한 눈빛으로 쳐다본다. 보자기를 쓰고 빗자루질을 하니 금색 터번을 쓴 일등 하인 같다. 원장님이 이것 좀 해줘요, 부탁한 적도 없고 가게 일을 돕는다고 할인해 주는 것도 아니다. 앉아 노느니 십시일반 돕는 분위기다. 미용실 하는 큰어머니네 놀러 온 것 같다. 할일을 다 하자 평상에 오를 자격을 갖춘 느낌이 든다. 믹스 커피를 한 잔 타서 할머니들 사이에 엉덩이 한쪽을 밀어 넣어 앉는다. 또 한 시간이 훌쩍 간다.

남들은 미용실 다녀온 날이 증명사진 찍고 셀카 찍는 날이라는데 나는 치욕의 날이다. 무조건 오래 가게 말아 달라는 요구대로 짱짱한 컬이 나왔기 때문이다. 당분간 아무도 만나지 않아야겠다고 다짐한다. 집에 앉아 글만 쓰기에는 이만한 조건이 없다. 남편이 마트에 가자며 미용실 앞으로 온다. 내 머리를 보더니 살짝 놀라는 눈치다. 내 머리가 부끄럽지 않냐고 묻는다. 자기 머리가 아니니 다행이라고 생각할 것이다. 그가 연예인 같다고 대답한다. 먹이는 거다. 비욘세를 기대하지만, 헨델이나 케니지를 얘기할 것이다. 어느 연예인을 닮았냐고 추궁하자 남편이 마지못해 입을 뗀다.

"지금 머리로는 장정구도 이길 것 같아."

복싱 세계 챔피언? 기대 이상의 답변이다. 이기지 뭐. 레프트 라이트 훅훅.

*

　며칠간 아무도 안 만나려고 하는데 세진이가 부득부득 만나자고 한다. 축하 파티도 해야 하고, 내가 스릴 넘치는 글을 쓸 수 있도록 몸보신도 해야 한단다(세진아, 난 그냥 아르바이트 이야기야). 바다와 같은 애정이다. 나는 그 마음은 정말 고맙지만, 안타깝게도 외출하지 못할 사정이 있다고 말한다. 세진은 장정구 머리만 아니라면 당장 나오라고 채근한다. 내가 아무 말이 없자 세진은 무언가 직감한 듯 다음에 만나자고 한다. 그는 상상력과 이해심이 넓은 친구다.

　오늘도 린스로 머리를 두 번이나 감는다. 컬이 하루빨리 자연스러워지길 기도한다.

*

　일생일대의 날이 밝는다. 간밤에는 한 시간마다 잠이 깼다. 출판사와의 약속 시간은 오후다. 외출용 셔츠를 뻣뻣하게 다리고 운동화도 닦는다. 마사지 팩도 한다. 혹시 체할까 싶어서 아침과 점심은 푹 익힌 음식으로 조금씩만 먹는다. 시간이 미치도록 더디게 간다. 어느 때보다 정성스럽게 화장한다. 파마도 자연스럽게 뽀글거려 마음에 든다. 남편은 화장이 어색하다며 좀 지우는 게 낫겠다고 말한다. 다른 사람과의 만남에 공들여 화장하는 모습에 질투를 느끼는 듯. 기분이 나쁘지 않다.

출판사 근처에 일찍 도착하지만, 주위를 빙빙 돌다가 약속 시간에 맞춰 들어간다. 집에 있는 액세서리를 다 둘러 한껏 치장한 나의 복장과는 다르게 대표와 그의 동료이자 남편은 놀랍도록 수수한 차림이다. 오늘 달라 보인다며, 어디 좋은 데 다녀왔냐는 물음에 당황하여 평소 모습이라고 둘러댄다. (집에 돌아와 정신을 차리고 거울을 봤을 때 이 대답을 후회한다. 벌건 볼 화장에 심령술사같이 목걸이를 주렁주렁한 모양이 평소 모습이라니.)

계약서에 도장 찍는 일은 허무할 정도로 금방 끝난다. 책의 콘셉트와 일정, 인세에 대한 계약서 내용을 듣고 약간의 수다 아니 회의를 끝내고 나니 이십 분이 흘렀을 뿐이다. 뉴스나 드라마에서 본 카메라 플래시가 터지는 가운데 서명하고 악수하는 모습까지 상상한 건 아니었지만, 어쩐지 싱거운 상황에 맥이 풀린다. 그러나 나를 '작가님'이라고 부르는 소리가 좋으면서도 누가 들으면 비웃을까 부담스러운 마음은 겸연쩍은 미소 뒤에 감춘다. 오늘의 방점은 계약금 입금에 찍힌다. 입금됐네요, 라고 대수롭지 않다는 듯 말한다. 속으로는 백두대간이 흔들릴 듯 포효한다.

"나 글 써서 돈 번다!"

죽을 때라도 된 듯 불우하고 지질했던 지난 시절이 주마등처럼 흘러간다. 괜한 감격에 젖어 버스 정류장에서 눈물을 주룩주룩 흘린다. 제2의 인생이 시작됐… 사람들이 흘깃거려 점포 유리창에 얼굴을 비춰 본다. 영락없이 돈 떼먹고 달아난 계주를 잡으러 다니는 검은 눈물을 흘리는 여자가 있다.

*

세진이 내 머리를 삼 초간 주시하지만 아무 말도 하지 않는다. 이제는 그럭저럭 봐줄 만한데. 역시 배려심이 남다른 친구다. 몸보신에는 백숙만 한 게 없다며 56번가 사거리에 있는 손님 많은 삼계탕집에 가자고 한다. 내가 닭을 좋아하지 않는다는 말에 세진의 눈이 동그래진다. "정말? 치킨은 자주 먹잖아?" 안 좋아해서 그 정도만 먹는 거야. 세진이 더 놀란다. 아직도 서로에 대해 모르는 게 많다는 사실이 새삼스럽다. 백숙 대신 세진이가 좋아하는 곱창구이 집으로 간다. 나는 곱창구이를 먹으면 꼭 배탈이 난다는 말은 오늘도 하지 않는다. 세진은 케이크나 마카롱 같은 디저트만 먹게 생겨서는 의외로 곱창, 닭발, 닭똥집 같은 음식을 좋아한다. 세진이 입에 닭발을 통째로 욱여넣고 신중한 미간으로 작업을 마친 후 깨끗하게 발라진 뼈를 퉤퉤 뱉는 모습을 봤을 때의 충격이란! 옛날 미국 드라마 〈브이〉에서 쥐를 삼키던 다이애나가 떠올랐지만, 원만한 우정을 위해 아무 말도 하지 않았다. 소주도 어찌나 잘 마시는지 한 병은 거뜬하고, 네가 인생의 쓴맛을 안 겪어봐서 그러는 거라며 술과 콜라를 섞어 마시는 나를 어린애 취급한다. 오늘도 음료를 주문하자 내게 술 아깝게 무슨 짓이냐고, 이제 그만할 때도 되지 않았냐고 나무란다. 나는 술 잘 마시는 게 무슨 자랑이냐고 핀잔하면서도 잔소리가 고까워 소주만 마시기로 한다. (이 소주가 다음 날의 재앙이 된다.) 돌판 위에 곱창과 감자, 부추무침이 고소하게 익어 가고 술도 술술 들어간다.

세진은 네가 뭔가를 쓸 줄 알았다고, 아가사 크리스티 같은 작가가 될 줄 알았다고 말해 놀라게 한다 (세진이네 책장에 꽂혀있는 세계문학전집은 장식용이 확실하다). 세진아, 나는 그냥 가벼운 아르바이트 이야기야. 그리고 아가사 크리스티 말고 다른 작가는 없니. 내 목소리는 익어 가는 곱창구이 소리에 묻혀 버린다.

술에 취한 세진을 부축해 집 앞까지 데려간다. 갑자기 세진이 아래층에 이사 온 사람을 소개해준다며 (대체 왜?) 오밤중에 남의 집 문 두드리려는 걸 막느라 진땀뺀다. 거의 멱살 잡듯이 끌고 가 녀석을 집에 들여보낸다. 세진의 남편이 방에서 나와 내 얼굴을 보기 전에 얼른 내뺀다. 세진은 체구도 작으면서 힘은 어찌나 센지, 기운을 썼더니 근육통이 오고 몸살이 느껴지는 듯하다. 콜라를 섞지 않은 소주를 마셨더니 속은 또 어떻고. 힘들게 집에 돌아온다.

*

구토가 나올 듯하고 배까지 아파서 위아래가 고통스러운 지옥의 밤을 보낸다. 밤새 화장실을 들락거린다. 남편이 출근하는 것도 못 보고, 아이들의 아침밥도 못 챙겨준다. 잠결에 남편이 혀 차는 소리를 들었고, 대(大)자로 뻗은 나를 보고 아이들이 한숨 쉬는 소리도 들었다. 엄마로서의 권위는 무너진 지 이미 오래지만, 앞으로 내가 아이들에게 어떤 충고나 훈육을 할 수 있을까 하는 자신감이 코스타리카까지 멀어진다(코스타리카가 어디에 있는 나라인지 모르지만, 언젠가부터 먼 곳의 상징으로 쓰고 있다. 내가 이 나라의 이름을 습득한 경로가 궁금하다). 배탈이 계속되는 바람에 이틀을 누워 보내느라 글은 시작도 못 한다.

세진은 괜찮은지 아니면 나처럼 병이 났는지 연락도 없다. 주체할 수 없을 정도로 과음하는 세진과 덩달아 취하도록 마시고 마는 나의 음주 습관에 대해 심각하게 고찰할 필요가 있다고 배를 움켜쥘 때마다 생각한다. 축하 파티라든가 몸보신은 술 마시기 위한 구실에 불과할 뿐이지 않았나 싶다.

*

첫째 아이가 엄마의 자는 모습이 보기 흉하다는 민원을 제기한다. 내가 포대 자루 같은 원피스를 입고서 한방 통닭 자세로 다리를 쩍 벌리고 잔다는 것이다. 나는 지난 이틀 동안 배탈이라는 특수 상황 때문에 어쩔 수 없이 널브러졌던 거라고 항변한다. 하지만 가족 모두가 어제오늘만의 문제가 아니었다고 차갑게 말하는 바람에 무안해진다. 나는 안방을 보지 말라고 우겨 보지만, 안방 문 바로 옆이 화장실이라 안 볼 수 없다는 걸 누구보다 잘 안다. 왜인지는 모르겠지만 더 창피한 듯한 남편이 자기가 이불을 덮어주는데도 엄마가 계속 발로 걷어찬다며 체념한 듯 말한다. 딸내미가 자기도 몇 번이나 가려줬다고 덧붙여서 눈빛으로 감사함을 표시한다. 사람이 자다 보면 다리가 벌어질 수도 있지, 갓 태어난 아기들도 통닭 자세이지 않냐고 말하려다가 억지 쓰는 게 분명해서 입을 다문다. 실은 나도 잠이 깰 때마다 놀라서 치마를 내리고 이불을 다시 덮는다고 말하지만, 철저히 무시당한다.

식구들이 나의 추한 자세를 가릴 방법을 저희끼리 토의한다. 고양이가 드나들어서 안방 문을 닫는 건 불가능하다는 의견, 침대 위치를 바꿔보자는 의견, 추태를 목격할 때마다 엄마의 다리를 꼬집자는 말들이 나와 내 정신이 혼미해진다. 결국 내가 긴바지를 입고 자면 된다는 비교적 합리적이고 정상적인 결론을 도출한다. 나는 덥고 답답하다고, 잘 때만이라도 편하고 시원하게 자고 싶은 건 인간의 기본권이라고 말하지만, 자기들 눈은 무슨 죄냐는 말에 더 이상 토를 달지 못한다. 나도 술에 취한 남편이 사각팬티 차림으로 다리 벌리고 자는 모습을 볼 때마다 후려 패고 싶었던 기억이 나서 파자마를 입는 것에 동의하고 만다.

긴 바지를 입고 자는데도 남편이 불만을 얘기해서 어이가 없다. 내가 치마를 입고 잘 때는 신경이 쓰이는지 자세도 고치고 이불도 덮어가며 자는데, 바지를 입으니 안심이 돼서 그런지 한방 통닭이 아니라 독수리처럼 날개를 펼치고 잔다는 것이다. 그래서 본인이 구석으로 밀려나 벽에 붙어서 잔다고, 덕분에 어깨와 허리가 아프다고 비꼬는 말에 화가 난다. 대체 나보고 어쩌라는 건지.

잠결에 밤늦게 귀가한 남편의 혀 꼬부라진 목소리가 들린다. "임꺽정이네, 임꺽정. 우리 집에 임꺽정이 대(大)자로 누워 자고 있어." 열받아서 한 대 쳐야지 하면서도 잠에 취해 눈도 안 떠지고 쩍 벌어진 다리도 말을 안 듣는다. 다음날 눈 뜨자마자 남편을 응징

하리라 다짐하지만, 정작 사각팬티만 입고 벽에 붙어 쪼그려 자는 다리가 앙상해서 이불을 덮어준다.

*

남편이 갑자기 생각난 듯 출간 계약금을 받았냐고 묻는다. 받았지. 그런데 왜 아무 말도 안 했냐며 한턱 내라고 한다. 나는 앞으로 피땀 흘려 쓰게 될 내 글에 대한 개인적인 소득이니 절대로 한 푼도 쓸 수 없다고 말한다. 남편은 근래에 본 얼굴 중에 가장 황당한 표정을 짓는다.

"내가 한 달 내내 일해서 번 근로 소득은 당신이 전부 가져가고?"

남편의 물음에 가장인 당신의 급여는 생활비로 쓰이는 게 당연하며, 가사 노동 후 별개로 노력해 얻은 내 소득은 나의 고유한 재산이라고 당당하게 답한다. 남편의 얼굴에 핏기가 싹 사라지는 듯한 착시를 본다. 착시가 아니었다. 남편은 몹시 서운해하는 눈빛으로 "그래라, 그럼" 하더니 방에 들어가 벽을 보고 눕는다. 그 모습을 보자 내가 너무했나, 라는 생각이 든다. 갑자기 가족 부양의 책임만 있고 자유는 적은 (용돈도 타서 쓰는) 가장의 짓눌린 어깨가 떠오르며 내가 이기적이었다는 반성이 든다.

뒤늦게 치킨과 생맥주를 주문하는 걸로 출간 계약 턱을 내기로 한다. 나의 돈 욕심에 넌더리가 난다는 듯 계속 떨떠름한 표정을 짓던 남편은 배달이 오자 누구보다 왕성하게 치킨을 먹는다(치킨에 노벨평화상이라도 줘야 하지 않을까).

글은 한 글자도 안 쓰고 돈부터 쓰다니 어쩐지 앞뒤가 안 맞는듯하지만, 인생은 원래 비이성적인 판단이 이성적인 결정보다 우세할 때가 많은 것 같다. 나만 그런가.

*

오랜 친구인 미영을 만나기로 한다(어쩐지 절친하다고는 못 하겠다). 미영은 카페에 들어서자마자 큰 목소리로 투덜거린다.

"여기는 커피도 맛있고 사람도 없어서 좋은데 주차장이 작은 게 큰 흠이야. 안 그래요, 사장님?"

사장님의 뜨악한 표정을 보고 나는 눈을 질끈 감는다. 미영이 저렇게 거침없이 말하고 다니다간 언젠간 독침을 맞지 않을까, 친구로서 걱정한다. 또 나를 보자마자 하는 말,

"머리가 그래서 어떡하니. 내가 다니는 (비싼) 미용실에 가라니까."

친구라는 말의 뜻을 다시 정의해야 한다. 오랜 친구가 좋은 친구라는 뜻은 아니다. 네 머리는 어떻고? 받아치고 싶지만 방금 미용실에서 나온 듯한 윤기 나고 단정한 머리 모양에 입을 다문다. 하지만 누가 뭐래도 값싸고 오래가는 파마를 해주는 미용실을 다른 데로 옮길 생각은 없다(따끈한 동네 소식을 듣는 재미도 놓칠 수 없고).

말할까 말까 망설이다가 나중에 알게 되면 서운해할까 봐 미영에게 책을 내게 됐다고 말한다. 미영은 기뻐하는 기색이나 축하한다는 말도 없이 자기 당숙 아저씨도 분재에 관한 책을 냈고, 남편 사촌 형수의 여동생도 피아노 교습법에 관한 책을 낸 적이 있다고 대수롭지 않게 말한다. 예의상 몇 권씩 사기는 했으나 한 페이지도 읽지 않았다나. 집안 어디에 있는지도 모르겠다며 생각난 김에 찾아서 처분해야겠다고 한다(만약 미영이 독침을 맞는다면 그걸 쏜 첫 번째

사람은 나일 듯하다).

"책 나오면 얘기해. 열 권은 사줄게."

독침 발사는 책 발간 이후다.

"그런데 너는 무슨 책을 써?"

"편의점 아르바이트 이야기야."

"면접 보는 요령이나 실수 없이 계산하는 법? 아르바이트가 꿈인 사람에게 잘 팔리겠네."

미영이 머지않아 독침을 맞을 듯하다.

별 관심도 없는 서로의 이야기를 각자 하다가 헤어진다. 이렇게 공통의 관심사가 없어도 친구라고 말할 수 있는지, 딱히 좋아하지도 않으면서 왜 주기적으로 만나는지 과학 수사대에 의뢰해야 할 듯. 주차장으로 가던 미영이 나를 불러세운다.

"내가 축하한다고 말했나? 나한테도 작가 친구가 생겼네."

미영도 어쩌다 한 번씩은 인간적인 면모를 보여준다. 저런 매력 때문에 내가 미영을 만나지. 가슴이 훈훈해지려는 찰나 미영의 목소리가 들린다.

"오늘 네 머리 모양 덕분에 즐거웠어. 웃음 참느라 혼났네."

지나친 솔직함은 독이 된다는 사실도 깨닫는다.

*

  원고를 쓰기 시작한다. 어쩐지 출판사도 나도 성급하고 섣부르게 결정하지 않았나 하는 생각이 든다. 블로그에 써 둔 글을 다듬으면 된다고 쉽게 생각했던 오만함을 반성한다. 원고를 받아본 대표가 실망하고 이걸 어쩌나 고민하는 모습과(낙장불입인데) 나를 소개한 작가가 이렇게까지 형편없을 줄 몰랐다며 난처해하는 표정이 상상돼 오금이 저린다. 자신도 없으면서 내가 왜 덥석 한다고 했을까. 이미 먹어버린 치킨 값을 메꿔 놓아야겠다고도 생각한다. 머리를 쥐어뜯고 손톱을 잘근잘근 씹고 있는 나 자신을 발견한다. 모든 일은 생각하는 것보다 몇 배로 어렵다.

*

  반 이상 남은 케이크가 있는데 가져가겠냐는 미영의 전화를 받는다. 처음부터 주는 것도 아니고 먹고 남은 걸 가져가라고? 심사가 비틀어지려는 찰나 최고급 케이크라는 말에 당장 가겠다고 답한다. 미영이 아파트 입구까지 나와주어 고마움을 느낀다. 내가 욕한 걸 듣기라도 한 듯 케이크는 포크도 안 대고 깨끗이 자른 것이라고 말한다. 상자를 받아보니 고급 호텔 브랜드다. 케이크의 출처가 궁금하다는 눈빛으로 바라보자 미영이가 아이의 생일이었다고 말한다.

"어머, 이모가 돼서 생일도 기억 못했네. 아이가 뭐 좋아해? 용돈이라도 줄까?"

미영이 "걔가 너보다 돈 많아" 하며 손사래 친다. 실은 나도 그렇게 생각해, 라는 말은 하지 않는다.

"걔는 거지 깡통 줄을 좀 차 봐야 해. 물자 귀한 줄을 몰라. 비싼 걸 일부러 사다 줬는데도 한 입 먹고는 끝이야."

미영이 아이 흉을 본다. 물자 귀한 줄 모르는 건 네가 더 심하지 않니, 라고 말하려다 케이크를 도로 가져갈까 봐 그만둔다. 미영의 식구는 다들 입이 짧아 식사량이 적고 냉장고에 한 번 들어갔던 음식은 안 먹을 정도로 입맛이 까다롭다. 특히 아이가 음식에 관심이 없어 성장 클리닉과 키 크는 주사를 알아본다며 미영의 고민이 이만저만이 아니다. 반면에 우리 식구들은 늘 배고픔에 허덕인다. 외식하고 집에 돌아와서도 밥통을 여는 남편이 지긋지긋하고, 책장 근처에는 가지도 않으면서 냉장고는 하루에 열두 번도 더 열어보는 아이들에 화가 난다. 마르나 찌나 밥 차리느라 힘든 건 너나 나나 마찬가지라는 의미심장한 눈빛을 미영과 주고받는다.

식후에 디저트로 케이크를 내놓았더니 남편과 아이들이 순식간에 해치워 버린다. 이렇게 맛있는 케이크는 처음이라며 더 먹고 싶다는 얘기에 그까짓 거 못 사줄 거 없지 하는 마음으로 같은 케이크를 검색한다. 가격을 보고 놀라 얼른 핸드폰을 닫는다. 내년 이맘때에 다시 (얻어) 먹을 수 있을 거라고 얘기한다.

*

열받아서 잠이 안 온다. 시장에서 오이와 상추의 값을 치르고 담으려는데 접힌 장바구니가 잘 안 열렸다. 주인아저씨가 채소를 집어 들더니 "아주머니는 벌리기만 하십쇼. 넣는 건 내가 기가 막히게 잘 넣으니까"라고 했다. 얼굴이 확 붉어졌다. 장바구니를 챙겨 허겁지겁 빠져나왔다. 바보. 따귀를 올려붙여도 모자랄 판에 내가 왜 도망을 치는 거지.

세진에게 전화해서 그놈의 만행을 일러바친다. 혹시 내가 예민한 거냐고 물었더니 명백한 성희롱이라며 어느 집이냐고 당장 쫓아가서 따지자고 노발대발한다(세진을 좋아할 수밖에 없다). 증거가 없으니 아저씨가 발뺌하면 나만 이상한 여자가 된다며 비겁하게 참기로 한다. 세진은 그런 미친놈은 아예 일어서지도 못하게 해야 하는데, 하며 아쉬워한다. 다시는 그 가게를 이용하지 않겠다는 게 고작 우리의 보복이다.

잊으려고 애쓰지만, 능글거리게 웃으며 알게 모르게 성희롱을 일삼을 그놈과 바보같이 도망 나오는 내 모습이 떠올라 분노가 차오른다. 이럴 때 변호사나 경찰처럼 똑똑한 여성은 어떻게 대처하는지 궁금하다. 나 같은 아줌마가 다음에 또 그런 말을 들으면 어떻게 해야 하는지도 알고 싶다.

남편에게 이야기할까 하다가 그만둔다. 당신이 예민하다거나, 왜 그런 소리를 듣고도 가만히 있었냐고 하거나, 어떤 새끼냐며 치러 나가거나(가능성 희박함)… 예상되는 답변 세 가지가 전부 머리 아프다. 이럴 때 남편으로서 어떻게 해야 하는지 그도 궁금할 것이다.

*

　분이 안 풀려서 동네 이웃을 만날 때마다 시장에
서 당한 이야기를 퍼트린다. 내 최대한의 복수다. 친
한 언니들과 아주머니들은 대체 어느 집이냐고 물었
다가, 마찬가지로 손이 닿거나 뒤에서 가까이 다가
와 말을 거는 등 신체 접촉을 당한 적이 있었다는 서
로의 얘기를 듣고 기겁한다. 자기가 예민한 줄만 알
았는데 역시 질이 안 좋은 놈이었다며 혀를 내두른
다. 다들 절대 그 집은 이용하지 않겠다는 조용한 불
매 운동을 결심한다. 한 언니가 혹시 삼거리 빌딩의
피부과 의사도 이상하지 않냐고 물어서 소름 돋는
다. 진료 볼 때 의사가 지나치게 가까이 다가와 다리
가 닿는 게 불쾌했는데, 그놈 역시 성추행을 일삼는
놈이었다. 그 병원에도 다시는 가지 않겠다고 생각한
다.
　성희롱이 화두로 떠오르자 저마다의 끔찍한 기억
을 내뱉는다. 지하철이나 버스에서의 성추행은 공통
분모인 듯 당하지 않은 사람이 없어서 치가 떨린다.
직장 상사나 아는 사람의 성추행도 만만치가 않다.
어렸을 때나 나이를 먹은 지금도 그저 도망가거나 피

하는 방법밖에 없는 현실에 입을 모아 개탄한다. 정치인이 성범죄자에 대한 강력한 법을 만들거나 본보기가 될만한 엄한 처벌을 가한다면 그가 비호감이라도 표를 몰아줄 텐데, 하는 나약한 소리만 하다 헤어진다. 이래저래 분도 안 풀리고 속상한 나날이다.

*

원고를 쓰면 쓸수록(이런 걸 원고라고 불러도 될지) 자신감이 떨어진다. 하늘이 준 기회라는 생각과 내 주제에 무슨, 이라는 자책 사이를 종일 오간다. 어느 책을 읽고 형편없는 이야기라고 혹평을 남기려다 나랑은 안 맞는 책이라고 에둘러 썼던 블로그 서평을 삭제한다. 마음에 안 드는 책을 좋다고 거짓으로 써도 안 되지만, 굳이 혹평할 필요도 없다는 생각이 이제야 든다. 엄청난 철학적 사유가 있는 산문도 아니고 가벼운 직업 수필에 지나지 않지만 한 문장 한 문장 머리를 뜯으며 쓰기 시작한 이후다. 문학이나 작문 공부도 하지 않은 블로거 나부랭이, 아무나 출간 작가라는 댓글이 보이는 듯한 착각에 자다가도 눈이 번쩍 떠진다. 나의 불안한 마음을 남편에게 얘기한다. "댓글을 걱정할 정도로 벌써 다 쓴 거야?" 그가 묻는다. "아니, 아직 열 페이지도 안 썼어." 남편은 배 아프기도 전에 똥 닦을 걱정을 한다는, 더럽고 이상하지만 적절한 비유를 내놓는다.

*

　블로그에 들어갔다가 페이지마다 보이는 노란 리본과 잊지 않겠다는 문구를 보고 아차 싶었다. 오늘이구나. 어떤 말로도 표현할 수 없는 슬픔과 처절한 무기력을 겪은 날이다. 평생 잊지 않겠다는 다짐도 희미해져 이렇게 남의 글을 보고야 그날임을 깨달아 부끄러워진다. 다시는 이런 일이 일어나지 않도록 사회의 어른으로서 눈감지 않겠다고 다짐했지만 나는 얼마나 노력했나, 사회는 얼마나 달라졌나 반성하고 또 반성한다. 고작 하는 일이라고는 추모곡을 들으며 희생자와 가족을 위해 기도하는 일뿐이다.

　"기울기는 어떻게 구하더라?"

그러곤 그 농담을 끝으로 다시는 이곳에 돌아오지 못했다. 요즘 나는 자꾸 저 말이 어린 학생들이 우리에게 마지막으로 건네고 간 질문이자 숙제처럼 느껴진다. 이 경사傾瀉를 어쩌하나. 모든 가치와 신뢰를 미끄러뜨리는 이 절벽을, 이윤은 위로 올리고 위험과 책임은 자꾸 아래로만 보내는 이 가파르고 위험한 기울기를 어떻게 푸나.

《잊기 좋은 이름》, 김애란

*

누군가가 나를 팔로우하기 시작했다는 sns 알람이 와서 기뻐한다. 언뜻 본 프로필 속 사진이 미남이라 재빨리 클릭한다. 돈 버는 방법과 세금 절약법을 알려주는 자산관리사란다. 수입차 사진과 함께 수익 인증 글로 도배되어 있다. 문의를 하는 것만으로도 인생 역전을 할 수 있다고, 최소한의 부업이지만 기쁨은 극대화라며 언제든 상담이 가능하다는 소개 글을 읽는다. 팔로우가 금방 늘었다고, 인기인이라며 추켜세우던 미영이 이러한 사실을 몰랐으면 좋겠다. 연이은 팔로워 추가가 낙담으로 이어지며 의기소침해진다.

미영의 게시물이 눈에 띄어 보다가 열불이 나서 닫아버린다. 새 집을 보러 간 듯 광활한 아파트 사진 아래 오십 평이 의외로 좁다는 걱정을 가장한 자랑이 달려 있다. 아무 흔적도 남기지 않고 닫아버린다('싫어요'가 있다면 눌렀을지도). 예전부터 명품이며 해외여행 사진을 일상인 척 올려 속을 긁더니 이젠 집까지 자랑한다.

머지않아 미영으로부터 전화가 올 것을 확신하고 그 예감은 들어맞는다. 자기 게시글을 봤냐기에 못 봤다고 대답한다. 자기가 요새 속이 타서 잠을 못 잔단다. 무슨 일 때문이냐고, 혹시 오십 평이 좁아서 그러느냐고 물을 뻔했다. 실은 시부모님이랑 함께 살게 될지 몰라 집을 보고 왔다고, 우리 어머님이 얼마나 깐깐한지 너도 알지 않냐고 하소연한다. 왠지 모르게 웃음이 난다. 자기 인생은 이제 끝났다며, 너처럼 작은 집에 살아도 내 집에 사는 게 훨씬 낫다고 말한다. 묘하게 기분이 나쁘지만, 이상하게도 마음이 상하지 않는다. 나는 진심으로 어쩌면 좋으냐고 미영을 위로한다. 미영은 "너는 성격도 좋고 살림도 잘하니 이쁨받을" 거라는 마음에도 없는 나의 말에는 시큰둥하다가, "큰 상속을 받게 될 텐데 몇 년만 고생하라"는 진심의 말에는 날카로운 반응을 보인다(자기는 돈도 필요 없고 자유가 필요하다나). 뒷말을 수습하기 위해 새 아파트가 얼마나 좋으냐고 물었더니 자유 없는 넓은 새장에 불과하다고 투덜거리다가 점차 아파트의 최신 시스템과 편의 시설에 대해 열변을 토하며 자랑한다. 네가 정말 부럽다는 내 말을 듣고서야 미영의 기분은 나아진 듯하다.

미영이 호텔 식사권이 있다며 곧 만나 점심을 먹자고 한다. 전화로도 버거운데 얼굴 보고 또 자랑을 들으라고? 거절해야 하는데 어느 호텔이냐고 묻고 만다. 시내에 있는 유명한 호텔이다. 나는 언제든지 된다고 말하자 미영은 부럽다며, 자기는 바빠서 열흘 후에나 시간이 난다고 한다. 기분이 묘하게 상한다. 매번 당하면서도 미영과 멀어지지 못하는 이유에 대해 심리적인 상담이 필요해 보인다. 하지만 호텔 식당을 검색해 보고는 호화롭고 아름다운 모습에 반해 벌써 마음이 설렌다. sns에 멋진 사진을 올릴 수 있을 것 같다.

*

언제부터 우리 집에 있었는지도 모르는, 본체가 라면상자만 한 컴퓨터가 자꾸 말썽이다. 영화나 영상을 볼 때 끊기는 건 당연하고, 쇼핑몰의 상품 페이지도 느리게 열려 복장 터지게 한다. 아예 로딩이 끊겨 선착순 특가 상품을 놓치는 날엔 성질이 난다. 남편은 삶의 질 향상을 위해 컴퓨터를 사자고 여러 번 말하지만, 컴퓨터가 어디 한두 푼인가. 천상 새로 장만하자면 장기 무이자 할부를 끊어야 하는데 이미 누적된 할부만 해도 숨이 턱 막히는 수준이다(살 때는 혜택처럼 느껴지는 무이자 할부가 갈수록 징벌처럼 느껴지는 이유는 무엇일까). 식구들의 빗발치는 아우성에도 영상이나 영화는 개인 핸드폰으로 보라고 회유해 왔지만, 요새는 내가 컴퓨터를 사야 하지 않나 하는 갈등에 빠진다. 한글 프로그램만 쓰는데도 멈춤이 심하다. 혹시 글이 날아갈까 봐 한 줄 쓸 때마다 디스켓 표시를 눌러댔더니 손가락에 쥐가 날 듯하다.

*

나의 다정한 친구 세진이 밥 먹으러 가자고 해서

열 일 제쳐 놓고 나간다. 세진을 '서울 3대 짜장'이라 불리는 곳에 데려간다. 문 앞에 도착하니 5시부터 영업 시작이란다. 바로 옆의 편의점에 들어간다. 커피를 사서 테이블에 앉는다. 세진의 손을 조몰락거리며 별거 없는 근황을 이야기한다. 손을 만지는 의미는 없다. 입으로는 얘기하면서 세진이의 손톱 거스러미를 뜯고 때가 밀리는지 손가락 끝으로 밀어본다. 침 발라서 밀면 혼난다. 다섯 시 정각에 맞춰서 중국집에 들어갔는데도 만석이라 놀란다. 구석에 자리 하나가 남아 간신히 앉는다. 세진이 놀란 얼굴로 "맛집인가 봐" 하기에 뿌듯해진다. 탕수육과 짬뽕을 주문해서 같이 먹기로 한다. 탕수육을 한 입 먹은 세진이 줄서서 먹을만한 집이라고 극찬한다. 세진이 주위를 힐끗 보더니 "여기 짜장이 유명한가 봐. 다들 짜장면을 먹고 있네"라고 속삭인다. "어, 여기가 서울 3대 짜장 맛집이래." "그걸 왜 이제 얘기해?" "안 물어봤잖아." 세진이 "아이고, 모지리!" 하며 먹던 숟가락으로 내 이마를 콩 때린다. 더러운데 웃음이 난다. 세진은 냅킨으로 숟가락을 쓱 닦고 다시 짬뽕 국물을 떠먹는다. 세진에게는 놀림을 당해도 머리를 쥐어박혀도 기분이 안 나쁘고 재밌기만 한 미스터리에 대해서 생각한다. 어떤 사람을 마냥 좋아하는 힘은 무엇일까, 그

비밀을 알면 베스트셀러 작가가 될 수 있을 텐데, 하고 생각한다. 세진과 팔짱을 끼고 걷다가 더워져서 손깍지를 한다. 가끔은 세진과 연애하고 있다는 기분이 든다.

*

배낭을 메고 보조 가방도 챙긴다. 훌쩍 나가려다가 맹렬한 햇살을 보고는 다시 들어와 선크림을 바른다. 눈가와 팔자주름에 낀 크림을 펴 바르느라 시간이 오래 걸린다. 우리 동네 작은 도서관의 문을 밀고 들어간다. 천장까지 닿을 듯한 서가에 압도당하고 시골집의 오래된 옷장 같은 책 냄새에 흥분한다. 타임세일을 놓칠세라 분주한 사람처럼 종종걸음으로 신간 코너에 간다. 누군가 내 옆에 서면 경쟁심이 붙어 이 책저 책을 일단 옆구리에 끼고 본다. 제목이 마음에 드는 책의 프롤로그를 읽고 대출할지를 정하고, 집에서 메모해 온 책들을 찾아 나선다. 가족 카드까지 전부 동원하면 스무 권까지 빌릴 수 있다. 무거우니까 몇 권만, 이라고 생각해 놓고 양팔 가득 책을 끌어안고 만다. 욕심이 더럽게 많다. 책 스무 권을 책상에 쿵, 내려놓자 순간 사서의 낯빛이 변한 것 같다. '저 아줌마 또 신간들만 다 꺼내 왔어. 책도 스무 권이나 대출하고. 다 읽기는 할까?' 왠지 사서의 속마음이 들리는 듯하다. 찜찜한 기분을 애써 누르며 책 스무 권을 이고 지고 온다. 엄청난 무게에 키가 일 센티쯤 줄어드는 것 같아도 이 순간만큼은 누구보다 부자가 된 기분이다.

사서의 눈빛은 금세 잊고 빌려온 책들을 색깔 별로 줄 세워 놓고 뿌듯해한다. 갑자기 책이 쌓여있는 게 싫어서 빨리 읽어 치워버려야지, 하고 적군에 쫓기는 포로처럼 읽기를 서두른다. 빌려온 책에 포스트잇을 붙이다 보면 집에 있는 책이 읽고 싶어진다. 시원하게 밑줄을 긋고 별을 열 개나 그릴 때 책을 돈 주고 산 보람을 느낀다. 책을 산다는 건 자유를 사는 것이다. 한밤중에 갑자기 떠오른 이야기를 머리맡의 책더미에서 꺼내 볼 수 있는 자유, 좋아하는 문장에 구멍이 나도록 형광펜으로 덧칠해도 지탄받지 않을 자유.

도서관 책을 읽다가 마음에 드는 문장이 있으면 한 번은 참는다. 또 한 번 꽂히는 글귀가 있으면 숨을 크게 들이마신다. 한 번 더 마음을 흔드는 글이 나온다면 '사야 할 목록'에 책의 제목을 올린다. 그러나 구매 리스트에는 책뿐 아니라 옷과 갖고 싶은 물건의 이름도 적혀 있어서 돈이 생겼을 때 달려가는 곳은 서점이 아니라 쇼핑몰인 것은 비밀로 해둔다.

다음에는 쇼핑 카트를 끌고 도서관에 가야겠다고 생각한다. 수레 안에 책을 꽉꽉 채울 것이다. 사서 선생님이 '이 아줌마 미쳤나 봐' 하며 어금니를 꽉 물고 바코드를 찍으면 천장의 형광등을 보며 딴청을 피울 것이다. 나는 또 책을 줄 맞춰 세워 놓고 기뻐하다가 '어휴 이걸 언제 다 읽지' 하며 책장을 넘기고, 이를 본 아이들은 '엄마 또 책 덮고 자네' 하겠지만.

*

미영과 시내 한복판에 있는 호텔에서 점심을 먹기로 한 날이다. "몇 시까지 너희 집으로 갈까?" 미영의 차를 타고 가기 위해 물었더니 되돌아오는 말, "나는 아침에 모임이 있어서 시내에 일찍 나가. 호텔에서 만나자." 뒷골이 땡기며 나도 모르게 아랫입술을 깨문다. 버스와 지하철을 갈아타고, 지하철역에 내려서 호텔까지 걸어 올라갈 생각에 머리가 지끈거린다. 당장 약속을 취소하고 싶지만, 예약도 되어 있고 옹졸해 보일까 봐 참는다. 그래, 네가 오전에 다른 볼일이 있는 걸 나한테 보고할 이유는 없지. 분을 삭이려고 애쓴다.

고급 호텔들은 왜 모조리 산등성이에 있는지, 고급 승용차들이 일 분 만에 올라가는 고개를 씩씩거리며 십 분 동안 올라간다. 뷔페 입구에서 미영을 기다린다. 가장 최근에 산 옷으로 꾸미고 나왔지만 어쩐지 나만 후줄근해 보인다. 사람들이 하나둘씩 입장하자 초조해지기 시작한다. 설마 미영이 일정이 안 끝나서 늦거나 아예 못 온다고 할까 봐 식은땀이 흐른다. 만약 그런 일이 발생한다면 이번에야말로 친구의 인연을 끊겠다고 다짐한다. 몇 분간의 기다림 끝에 엘리베이터에서 느긋하게 내리는 미영을 발견한다. 나도 모르게 그녀를 향해 함박웃음을 짓고 있다. 내가 살면서 이렇게 미영을 반긴 적이 있었나 싶고 미영 또한 놀란 듯 나를 바라본다.

어마어마한 식대에 상당하는 산해진미가 눈앞에 펼쳐져 있다. 일부러 아침도 굶고 왔지만 조급해 보이거나 체하는 일이 벌어지지 않도록 진정하려 애쓴다. 맛있는 음식을 보니 가족과 세진도 떠오른다. 비싼 밥 사주는 이를 앞에 두고 다른 사람을 생각하다니. 바람이라도 피운 듯 양심의 가책이 느껴지지만, 미영 역시 나를 절친한 친구로 생각하지 않는 걸 알기에 마음 쓰지 않기로 한다.

뷔페에서 세 접시는 기본이지만 오늘은 값이 값이니만큼 혼신을 기울여 다섯 접시는 먹겠다고 계획한다. 첫 번째 접시에 약간의 샐러드와 가벼운 연어회를 떠온다. 두 번째 접시에는 각종 해산물 요리, 세 번째에는 스테이크 등을 먹을 생각이다. 미영은 첫 번째 접시에 고작 새 모이만큼의 음식을 가져왔을 뿐이다.

"나는 몇 접시씩 먹는 사람 이해가 안 가더라. 음식 맛만 보면 됐지. 배부르게 먹어서 뭐 하니. 살만 찌지."

고무줄 바지로 입고 올 걸, 아예 바지 단추를 풀고 먹자, 했던 세진과의 대화를 추억하며 아무리 고급스러운 음식도 앞에 앉은 상대가 누구냐에 따라 가치가 떨어질 수 있다는 걸 깨닫는다. 그래도 적절한 기회를 찾아 자연스럽게 한 접시 더 가져다 먹는다(숭어찜과 등갈비를 먹으며 역시 최고급 호텔이구나 하고 감탄한다). 미영은 좀 전에 망언은 잊은 듯 너에게는 흔치 않은 기회이니 천천히 다 맛보고 가란다. 자기는 자원봉사 모임에서 자주 오는 곳이라며. 혹시 지금도 자원봉사 나온 거니? 잔뜩 비꼬고 싶은 마음을 역시나 음식값을 떠올리며 참는다(이런 종류의 자원봉사라면 기꺼이 매일 대상이 되어줄 수도. 너무 자존심이 없나?).

미영은 뜬금없이 그래도 우리가 중학교 시절부터 알고 지낸 지 오래인데 바빠서 추억을 많이 못 쌓은 점, 친구로서 신경을 많이 못 쓴 일들이 후회된다고 말한다. 마지막 인사라도 하는 건가 싶어서 어리둥절해진다. 사회생활을 할수록 옛친구가 최고이고, 너처럼 진실한 친구가 없더라며, 이제라도 시간을 같이 많이 보내자는 말로 감동하게 한다. 미영의 간만의 사람다운 모습에 뭉클해져 커피는 내가 산다며 뷔페 옆 카페로 이끈다.

이끌지 말았어야 했다. 뷔페에서 커피까지 마셨어야 했다. 메뉴판에 적힌 가격을 보고 '아메리카노'라는 이름의 스테이크인 줄 알았다. 미영이 드립 커피 어쩌고 하는 소리에 재빨리 눈으로 가격을 찾아보니 우리 집 일주일 식비에 달하는 값이다. 세진이라면 나의 흔들리는 동공과 창백해진 안색을 보고 당장 일어났을 텐데. 미영은 비 오듯 식은땀을 흘리는 나는 안중에도 없이 디저트도 주문할까? 하더니 아니야 살쪄, 하며 (다행히) 아메리카노만 주문한다. 나는 두

려우면서도 언제 또 호텔 커피를 마셔보겠냐는 광기에 사로잡혀 몇천 원이나 더 비싼 라테를 주문한다. 나는 뷔페에서와 마찬가지로 카페에서도 미친 듯이 사진을 찍는다. 나를 서울 쥐 시골 쥐 보듯 바라보던 미영이 말한다.

"오늘 너랑 좋은 데 와서 밥 먹고 커피도 마시니까 기쁘다. 행복이 별거니? 우리 앞으로 자주 나오자."

응 별거야, 라고 되받아치고 싶은 걸 즐거워 보이는 동시에 어쩐지 쓸쓸해 보이는 미영의 얼굴을 보며 삼킨다. 내가 좀 더 부자였더라면, 생활 수준이 비슷했더라면 미영을 좀 더 행복하게 해주지 않았을까 하는 미안한 마음이 든다.

(비싼 밥과 고급 커피를 마신 후의 소회를 그 어느 때보다 고심하여 sns에 올린다. 나름 과시하거나 자랑으로 보이지 않으려고 애썼지만, 다시 읽어보니 허세 가득한 미영의 sns와 다름없다. 문득 초록은 동색이라는 말이 떠올라 침울해진다.)

*

미영의 sns를 보고 열받는다. 오전 모임 사진과 뷔페에서 언제 찍었는지 모르는(아마도 내가 두 번째 음식 가지러 갔을 때) 셀피와 커피 사진만 있고 나에 대한 언급은 전혀 없다. 내가 비상금을 탈탈 털어 비싼 커피도 사줬는데! 내가 부끄러운 걸까. 중학교 동창일 뿐 우리 사이에 일 그램의 우정이나 사랑 따위는 없다고, 생기지도 않겠지만 만들지도 않겠다고 하늘에 맹세한다.

*

작가의 운명으로서는 이제 막 유정란이 된 단계에 불과하지만, 꼴값이란 꼴값은 다 떨고 있다. 소소하게는 컴퓨터가 느려서 글을 못 쓰겠다는 둥, 크게는 작업실이 없어서 글이 안 써진다는 말도 안 되는 핑계를 댄다. 처음에 몇 번은 나의 고민을 진지하게 들어주며 인고의 시간이 필요한 거다, 고민하는 만큼 좋은 글이 나올 거라고 용기를 북돋아 주던 남편은 이제 내가 말을 시작할 낌새만 보이면 지레 겁을 먹고 눈을 피한다. 그 옛날 서태지 선생이 말하며 은퇴

한 '창작의 고통'에 괜히 동감하고, 글을 쓰는 동안은 남의 글을 읽지 않는다는 어느 작가의 말에도 공감하게 된다.

도서관에서 빌려온 어느 책을 펼쳐 읽다가 감탄한다. 이 사람은 나보다 한참 어린 듯한데 어쩜 이렇게 생각이 깊지. 뭘 먹길래 이렇게 재미나고 거침없는 글을 쓰지. 젊은 작가에 대한 칭송보다는 비교의 괴로움이 스멀스멀 올라온다. 엊그제 잔뜩 빌려온 책을 당장 반납하려다가 도서관 사서의 찌푸린 미간이 떠올라 며칠 뒤로 미루기로 한다.

*

나의 징징거림에 여러 사람이 고통받는다. 내 글이 후져서 미치겠다는 하소연에 나를 출판사에 소개한 작가가 만나자고 한다. 내가 또 민폐를 끼치네, 하면서도 실오라기라도 건지고 싶은 심정으로 약속을 정한다.

*

약속 장소에 먼저 도착한다. 카페 유리창으로 호수와 나무우듬지가 내려다보인다. 차가운 카페라테를 주문하지만, 긴장한 내 손이 얼음을 금세 녹인다. 그때 흰 셔츠에 진주 목걸이를 한 작가가 내게 걸어온다. 통창으로 들어오는 햇빛 때문인지, 그 햇빛에 빛나는 진주 때문인지 그녀에게 살짝 반한다.

그야말로 작가와의 만남을 독대하는 영광을 누린다. 엉망진창으로 쓴 날것 그대로의 초고 몇 꼭지를 부끄러움도 없이 내민다. 따뜻한 카페라테를 홀짝이며 페이지를 넘기는 구원자를 숨죽여 바라본다. 마지막 장을 덮으며 그녀가 하는 말.

"뭘 걱정해요. 이미 이대로도 충분한데."

이대로 충분하지 않다는 것도, 걱정할 게 산더미인 것도 알고 있다. 하지만 내가 듣고 싶었던 말은 잘하고 있다는, 잘할 것이라는 격려의 말이었나 보다. '지금까지 내게 부족했던 것은 정신력이 아니라 칭찬이었던 것 같다'라는 버지니아 울프의 문장을 떠올린다 (《울프 일기》, 버지니아 울프). 가슴에 용기의 불씨를 옮겨 받고 집으로 돌아오며 위로와 격려의 정석에 대해 생각한다.

돌아와서는 곧장 손가락에 불이 나도록 글을 쓸 것 같았는데 정작 자판 위의 내 손가락은 진주 귀걸이, 진주 목걸이, 진주 반지 등을 검색하고 있다. 이런 나, 정말 괜찮은 걸까.

*

아침부터 남편의 엉덩이가 들썩들썩한다. 자꾸 핸드폰을 들여다보고 바깥에서 차 소리만 나도 문을 열고 나가본다. 아무래도 택배를 기다리나 보다. 집에 짐이 늘어날 걸 생각하니 골치가 아프다. 또 무얼 샀냐고 묻는다. 남편이 '이번에는 정말로' 당신 선물을 샀다고 대답한다. 본인의 자전거와 전자기타, 앰프를 사고도 내 선물이라고 했다. 낚싯대를 살 때도 물고기를 많이 잡아서 식비에 보탬이 되면 이보다 더 좋은 선물이 어딨겠냐는 궤변을 늘어놓았다. 선물로 떡밥이나 갯지렁이가 오지 않으면 다행이다.

자꾸 나를 보며 히죽히죽 웃는 것이 백 점 시험지를 들고 엄마 칭찬을 기다리는 아이 같다. 진짜 내 선물인가 은근히 기대한다. 왠지 나도 모르게 바깥의 소리에 귀를 기울인다. 한참 후에 문밖에 턱, 하고 물건 놓이는 소리가 들리자 남편이 뛰어나간다. 택배에서 컴퓨터 상자가 나온다. 남편은 요새 본체가 손바닥만 하게 작아졌다며 신이 나서 말한다. 그건 그렇고 내 선물은 언제 오냐고 묻고 싶지만 아무래도 이게 내 선물인 것 같다.

작고 쌩쌩 잘 돌아가는 새 컴퓨터가 생겨서 기쁘긴 기쁜데 크게 기쁘지 않은 이상한 기분이 든다. 컴퓨터가 멈춰서 원고가 날아갈까 봐 겁난다는 내 말을 듣고 주문한 듯한데, 매달 용돈이 적다고 투정 부리는 사람이 무슨 돈으로 샀으며, 앞으로 컴퓨터 할부가 내 몫이 될 듯한 불길한 예감이 드는 건 왜일까. 정작 필요하다고 하는 전자레인지는 안 사주면서 말이다.

예전에 '미니멀 라이프'를 잘못 이해한 내가 전자레인지를 버렸다. 냉장고와 전기밥솥은 흰색이라 살아남았지만, 붉은색 전자레인지가 눈에 거슬려 견딜 수 없었다. 미니멀 라이프를 화이트 인테리어로 오해한 것이다. 남편이 잘 쓰고 있는 걸 왜 버리냐고 노발대발했지만, 전자파가 많이 나와 건강에 안 좋다고 우기며 버려버렸다. 남편이 다시 전자레인지를 샀다 간 가만 안 둔다고 소리 질렀다. 얼마 가지 않아 내가 전자레인지를 많이 쓰는 사람이라는 걸 깨달았다. 냉동 만두도 전자레인지에 3분만 돌리면 되는 것을, 물 끓여서 찜기에 찌려니 번거로웠다. 내 입으로 말하기는 뭐해서 아이들에게 전자레인지가 없으니 불편하지 않냐고 유도했지만 다들 딱히 그렇지 않다고 말해 실망했다. 남편의 기분이 좋아 보이는 날, 자존심을 구기고 은근슬쩍 전자레인지를 다시 들여야겠다고 말했다. 그가 전자파가 나오는 전자레인지는 절대 들여선 안 된다며 정색했다. 가족의 건강을 위한 일이라고 했다.

차라리 전자레인지면 뛸 듯이 기뻐했을 텐데, 그래도 선물은 선물이니 고맙다고 말한다. 그리 필요하지 않다고 생각한 새 컴퓨터의 빠른 속도에 감탄한다. 한글 파일이 멈추는 일도 없고, 쇼핑 사이트의 긴 상품 페이지도 단번에 열린다. 왠지 내가 유능해진 기분이 든다. 글을 쓰고 있는데 남편이 비켜달라고 한다. 영화 보게 블로그 글은 핸드폰으로 적으란다. 자리에서 일어나는데 기분이 묘하다. 안방으로 들어가 책을 보는데 "영화가 안 끊겨서 좋다"라는 남편의 신난 목소리가 들린다. 또다시 이상한 기분에 휩싸인다.

*

어제 쓰던 글을 마저 쓰려고 컴퓨터 앞에 앉는다. 남편이 나오더니 어제 보던 영화가 시리즈라며 또 비키라고 말한다. 어제 느낀 이상한 기분의 정체를 오늘은 바로 알아챈다. 새로 산 컴퓨터 역시 나를 위한 게 아니라 영화를 보기 위한 본인의 선물이었다. 감정이 확 상한다. 애당초 자기 거라고 하면 되지, 왜 내 선물이라고 해서 고맙다는 인사받고, 좋은 남편이라고 생색내고, 아빠 최고라는 아이들의 칭찬은 다 받는지. 낯짝도 두껍다. 비밀번호만 내 생일이면 내 컴퓨터냐, 차라리 콩순이 컴퓨터가 낫겠다는 말을 꾹꾹 눌러 참는다. 하지만 그 인내심에 남편이 불을 붙인다.

"친구들한테 남편이 컴퓨터 사줬다고 자랑했어?"

나는 아니꼬운 마음에 "자랑은 무슨. 내 컴퓨터도 아닌데"라고 밉살스럽게 받아친다. 남편은 자기가 얼마나 신중하게 고른 선물을 그렇게 말하냐며 눈을 동그렇게 뜬다.

"나는 쓰지도 못하게 자꾸 비키라고 하면서 왜 내 선물이라고 그래? 솔직히 당신 영화 보려고 산 거잖아."

남편의 눈동자가 몹시 흔들린다. 남편의 정곡을 찌른 듯한 통쾌함에 속이 시원해진다.

"그래? 그렇게 생각한다 이거지? 그럼 컴퓨터 쓰지 마. 당신 선물 아니고 내 거니까 쓰지 마."

밴댕이가 형님이라고 부르며 세배하러 찾아올 듯하다.

"아닌데? 쓸 건데? 여기 있으니까 나도 쓸 건데?"

속 좁기로는 나도 지지 않는다.

"쓸 거면 컴퓨터값 내."

낼모레 나이 오십인 부부의 개싸움이 시작된다. 아이들은 혀를 끌끌 차며 제 방의 문을 닫는다. 남들이 들을까 부끄러운 막말이 오가다가 남편이 수류탄 안전핀을 뽑고야 만다.

"됐고, 가서 블로그나 해."

인터넷에 글을 쓰다가 출간까지 하게 된 내게 블로그는 자존심의 근간이나 마찬가지다. 남편의 천 퍼센트 비꼬는 말투에 그야말로 꼭지가 돈다.

"야!"

단전 깊은 곳에서 올라온 나의 고함에 남편이 움찔한다. 할부고 뭐고 손에 딱 들어오는 컴퓨터 본체를 던져버리고 싶은 충동을 느낀다. 순간 철학관 선생의 말이 번쩍하고 떠오른다.

"이별 수가 보입니다."

애들이 아직 어려, 지금은 안 돼. 애꿎은 방문만 화풀이 대상이 된다.

나의 심상치 않은 기세에 남편이 납작 엎드린다. 거실에서 영화도 보지 않고 조용히 있다가 밤이 늦어서야 방에 들어와 눕는다. 나는 등을 돌린다. 남편이 슬그머니 내 어깨를 잡으며 말한다. "화났어? 미안해. 발 주물러 줄까?" 나는 어깨를 빼지 않고 등을 돌린 채 묻는다.

"전자레인지 사도 돼?"

남편이 흠칫 놀란 듯 숨을 들이켠다. "그래. 있으면 좋지." 나는 벌떡 일어나 남편 얼굴을 쳐다본다.

"새 컴퓨터로 주문해도 돼?"

남편은 삶의 한고비를 넘긴 듯 여유로운 목소리로 답한다.

"당연하지. 당신 건데."

나는 이불을 박차고 일어나 컴퓨터를 켠다.

*

　새 컴퓨터가 너무 잘 돌아가서 문제다. 예전엔 왜 멍때리고 있냐는 물음에 컴퓨터가 느려서 생각도 할 겸 천천히 쓰고 있다는 핑계를 댔는데 지금은 마땅한 변명 거리가 없다. 새 컴퓨터는 두 개의 심장을 가진 박지성처럼 멈출 줄 모른다.

　인터넷 검색이 빨리 되고 파일이 날아갈 걱정이 없어져 좋은 건 맞지만, 새로운 문제가 생긴다. 식구들이 자꾸 내 뒤를 기웃거린다. 왜? 하고 물으면 "일이 언제 끝나나 해서"라고 답한다. 마치 나랑 같이 놀고 싶어 하는 어린 양들 같지만, 속내는 영화 보게 빨리 비키라는 뜻이다. 삼십 분 후에 일어날 예정이라고 말한다. 글쓰기에 집중하지만, 컴퓨터가 거실의 티브이 자리에 있어서 등 뒤의 시선이 부담스럽다. 내가 뭘 쓰는지 보지 말라고, 나는 누가 보면 못 쓰는 타입이라고 얘기한다. 식구들은 아무도 보지도 않고 관심도 없으니까 신경 쓰지 말라고 한다. 하지만 갑자기 뒤를 돌아보았을 때 소파에 앉아있는 눈동자들과 눈이 마주친다. 아무래도 개인 컴퓨터를 장만해야겠다고 생각한다.

*

부엌에 들어갔다가 고양이가 일을 보고 있어서 놀란다. 못 본 척 급히 뒤돌아 나온다. 고양이 전용 방이 따로 있는 집도 있던데 사람 넷이 살기도 작은 우리 집엔 베란다도 없어 고양이 화장실이 부엌 한구석에 있다. 딸내미가 동물 대백과사전을 읽고는 고양이에겐 적어도 1.5개의 화장실이 필요하다고 얘기한다. 나는 사람도 4인 1 화장실을 쓰는 마당에 무슨 고양이가 화장실을 두 개나 쓰냐며 윽박지른다. 그러나 잘해주고 싶은 마음은 다른 집사와 다르지 않다. 가루가 안 날리는 고급 두부 모래를 쓰고, 방금 쌌는데 왜 아무것도 없지? 하고 놀랄 정도로 빨리 청소해준다.

고양이 화장실의 한 귀퉁이가 짜개져 고양이와 사람 모두에게 위험하다. 분홍색 플라스틱 화장실이 눈에 거슬려 마음에 안 들던 참인데 잘됐다 싶어 얼른 쇼핑몰에 접속한다. 지금 쓰는 화장실은 중고 장터에서 개봉만 했다는 제품을 싸게 산 것이다. 그때만 해도 내가 고양이를 사랑하게 될 줄 몰랐기 때문에 동물에게 새 물건을 사주는 게 아깝다고 생각했다. 지금 우리 인간은 유통기한 임박 상품과 떨이만 사다 먹지만 고양이님에겐 최고급 사료를 갖다 바친다. 그저 건강하게만 오래 살아달라고 기원하며.

고양이 화장실 종류가 여자의 가방만큼 다양하다. 유명 연예인의 고양이가 쓴다는 전자동 화장실을 검색했다가 가격을 보고 얼른 닫는다. 고양이의 감자와 맛동산을(고양이 배설물을 이렇게 부른다) 눈으로 직접 확인하는 일도 집사의 의무라는 구실로 저렴한 플라스틱 화장실을 고른다. 인생과는 다르게 나를 한 번도 실망하게 한 적 없는 쿠팡이 역시나 다음 날 새벽에 물건을 배달해 준다. 새 화장실은 색과 모양이 마음에 든다. 베이지색 통에 회색 뚜껑이 유럽의 어느 미술관 같다고 떠들어 대지만 남편은 반응이 없다. 내가 생각해도 무리한 비유다. 원래 쓰던 화장실을 얼른 갖다 버린다. 분홍색 플라스틱이 나가니 속이 시원하다.

고양이란 원래 호기심이 많은 동물인데 우리 고양이는 새 화장실을 탐색하기는커녕 근처에도 가지 않아 조바심이 난다. 고양이를 안아 새 화장실을 내려다보게 하고 뚜껑 위에도 올려놓아 보지만 발버둥 쳐 달아난다. 남편이 불안한 눈빛으로 고양이와 나를 번갈아 쳐다본다. "적응하겠지, 안 싸고 배기겠어?" 나는 무책임한 말로 두려움을 감춘다.

시간이 한참 지난 밤에 문득 생각나 고양이 화장실 모래를 뒤적인다. 배설물이 아무것도 없어서 눈앞이 캄캄해진다. 몇 년 전 물을 마시지 않아 요도관이 막혀 백만 원을 들여 치료했던 악몽이 떠오른다. 자는 남편을 급히 깨워 밖에 내다 버린 화장실을 다시 가져오라고 부탁한다. 남편은 그게 아직 있으려나, 하며 걱정스러운 얼굴로 나간다. 다행히 분홍색 플라스틱을 들고 들어온다. 그 통에 다시 모래를 붓고 고양이에게 간청한다. 제발 쉬를 해 달라고. 내가 잘못했다고.

온 식구가 조마조마하며 고양이의 '쉬'를 기다린다. "화장실 간다!" 둘째 아이의 외침에 온 식구가 방에서 뛰쳐나온다(아쉽게도 원래 쓰던 화장실로 들어간다). "쉿, 안 보는 척해." 첫째의 속삭임에 모두가 고개를 돌리고 딴청을 피운다. 고양이가 화장실에 들어가는 소리, 얼마간의 정적, 모래를 득득 긁어 배설의 흔적을 덮는 소리에 우리 선수가 금메달이라도 딴 듯 감격스럽다. 나는 병원비 들어갈 공포에서 벗어나 기뻐한다. 나는 고양이를 들고 "우리 아가 잘했어요" 하며 뽀뽀를 퍼붓는다. 사람 나이로 치면 중장년인 고양이가 난데없는 아기 취급에 어리둥절 당황한다.

고양이 화장실이 두 개가 되었다. 안 그래도 좁은 부엌이 고양이 화장실로 발 디딜 틈 없게 되었다. 전용 화장실이 두 개라니, 갑자기 고양이가 부러워진다. 모두가 바쁜 아침에 식구 중 누군가가(주로 나다) 급행열차 신호가 왔으니 제발 좀 나와달라고 간청하고, 씻던 이가 샴푸 거품을 뚝뚝 흘리며 나온 일화를 떠올린 후다.

*

　출간 계약금으로 노트북 살 결심을 한다. 전자 기기에 대해선 아는 바가 없어서 남편에게 대신 알아봐달라고 한다. 얼마나 모르냐면(자랑은 아니지만), 이런 일이 있었다. 남편이 넓게 본다며 모니터 두 대를 연결해서 썼다. 어느 날 집에 돌아와 보니, 모니터가 한 대밖에 없는 게 아닌가. 그것도 내게 아주 중요한 모니터가 없어졌다. 남편에게 전화해서 물으니 한 대를 중고로 팔았다는 것이다. 나는 말도 안 하고 마음대로 처분하면 어떡하냐고, 당장 다시 찾아오라고 마구 화를 냈다. 남편이 당황하며 무슨 일이냐고, 그게 왜 중요한 모니터냐고 물었다.

"그 모니터 바탕화면에 내 일기장이 저장돼 있단 말이야!"

남편은 어이없어서 웃다가 뒤로 넘어갔고 회사 동료들도 알게 돼 '전설의 모니터 사건'으로 남았다고 한다. 나도 지금은 이 일이 왜 전설이 됐는지 충분히 알고 있다. (이 이야기에 웃지 못하는 사람을 만나면 정말 반가울 것 같다. 컴퓨터를 모를 수도 있지. 컴퓨터가 만능인 세상을 저주한다.)

남편이 노트북에 필요한 사양이 뭐냐고 묻는다. 사양이 뭔지는 모르겠지만 옵션을 말하는 것일 테다. 나는 한글 프로그램이 꼭 있어야 하고 네이버와 유튜브가 잘 보이면 된다고 했다. 남편은 또 어이없다는 듯이 웃어 젖힌다. 뭐가 문제지?

고양이가 새로 산 화장실에 흥미를 갖기 시작한다. 아직 들어가지는 않았지만 가까이 다가가 냄새 맡는 모습을 보인다. 놔두면 천천히 다가가는 것을, 무식하게 몰아붙였다.

*

남편은 내 노트북을 사는데 의외의 열의를 보인다. 중고 장터에 키워드를 걸어 놓고 마음에 드는 노트북이 나오면 연락도 해보는 모양이다. 그러나 가격도 싸고 마음에도 들면 중고 거래 이력이 없고 직거래를 안 한다는 미심쩍은 판매자뿐이어서 못 사고 있다며 미안하다고 말한다. 나는 급하지 않다고 몇 번이나 말했는데도 남편은 자기 전까지도 중고 장터를 뒤지는 것 같다. 처음에는 나를 위한 애정의 마음인가, 하고 감동하다가 점점 중고 거래에 열중하는 모습에 의구심을 갖는다. 어쩐지 그가 즐거워 보여 내버려 둔다.

　고양이의 새 화장실에서 감자와 맛동산을 발견한다. 금맥이라도 찾아낸 듯 기쁨의 포효를 지른다. 아직은 옛날 화장실과 새 화장실을 양쪽 다 쓰는 듯. 일주일 정도 더 두었다가 낡은 화장실을 빼도 될 듯하다. 고양이의 적응을 기다리는 일도 새 노트북을 만나는 일도 서두르지 말고 천천히.

*

드디어 노트북이 생겼다. 남편은 퇴근 후 무려 한 시간이나 걸리는 곳까지 이동해서 직거래하고 왔다고 공치사한다. 판매자가 거의 새거라 팔기 아깝다고 했다나, 하는 중고 거래 뒷이야기도 들려준다. 남편이 매우 뿌듯한 표정으로 노트북을 건네준다. 나는 쇼핑몰 페이지가 빨리 뜨고 유튜브 영상이 끊기지 않는 것에 감탄한다. 한글 프로그램도 0.1초 만에 열린다. 남편은 곁을 떠나지 않고 계속 말을 건다. "진짜 좋지?" "정말 싸게 산 거야." "내가 그동안 중고 장터를 얼마나 뒤졌는지 알아?" 나는 고맙다고 말한다. 남편은 또 요새 노트북이 이렇게까지 발전했을 줄 몰랐다며 크기며 무게며 나무랄 데가 없고, 이 정도 가격에 이렇게까지 좋은 노트북을 산 건 노력의 결실이라며 스스로 칭찬한다. 그러더니 덧붙이는 말,

　"당신은 안 좋아? 별로 안 좋아하는 것처럼 보여."

　아, 나의 칭찬과 감사의 표현이 부족했던 거구나. 남자는 자존감으로 이어지는 칭찬을 먹고 자라는 존재라는 말이 생각난다. 나는 정말 좋다고, 내 생애 내 소유의 첫 노트북을 갖게 되어 기쁘다고 말한다. "내가 당신 좋은 노트북 사주려고 얼마나 애썼는지 알아?" 남편이 재차 확인한다. 알지. 정말 고마워.

　아니 그런데 잠깐만. '내가 사 주려고'는 아니지 않

나? 내 돈으로 산 건데? 정확히 말하자면 '사다 주려고'가 맞는 말인데? 말은 정확히 하자고 시비를 가릴까 하다가, 다음부터 어떤 부탁도 들어줄 것 같지 않아서 참는다. 유난히 공치사 받기를 좋아하는 남자와 토씨 하나에도 깐깐하게 구는 여자가 이십 년째 같이 살고 있다는 게 기적처럼 느껴진다.

*

　기분 좋은 소식이 온다. 우리의 불매운동 덕분은 아니겠지만, 성희롱을 일삼던 못된 놈의 채소 가게가 문을 닫았다고 한다. 다른 데 가서 다시 장사하더라도 그의 온전하지 못한 행실이 금방 발각되길 바란다. 또 누군가가 얘기하길, 불쾌한 행동을 하던 의사의 피부과도 이달 말까지만 영업하고 이전한다는 안내문이 걸렸다고 한다. 겨우 우리 동네에서 몰아냈을 뿐인 반쪽짜리 성공이지만, 그릇된 행동이 밥벌이에 영향을 줄 수 있음을 깨닫고 고쳤으면 좋겠다. 세진은 "밥벌이는 무슨! 쇠고랑을 차야지!"라고 말했다.

글을 쓰다가 운동화를 꿰어신고 밖으로 나선다. 글이 구릴 때마다 걷고 뛰었더니 마라톤 대회도 나갈 수 있을 듯하다. 마을 뒤의 공원에 간다. 등산로로 이어지는 작은 공원이지만 놀이터며 운동기구가 오밀조밀하게 들어차 있어 사람의 발길이 많이 모인다. 특히 마을과 산을 오가는 길고양이들이 출몰하는 곳이라 운이 좋으면 여럿을 볼 수도 있다. 오늘은 한 마리도 보이지 않는다. 다들 어디 양지바른 곳에서 낮잠이라도 자는 것일까. 하는 수 없이 터덜터덜 걷기만 하는데 앞에 가던 어느 할머니가 "냥이야!" 하고 부르니까 풀숲에서 노란 고양이가 뛰쳐나온다. 나도 가끔 간식을 주려고 부르면 기겁하고 도망가던 녀석이다(동물이 마음 착한 사람을 알아본다는 가설은 틀리다). 나도 할머니를 따라서 나란히 벤치에 앉는다. 할머니가 이 사람은 뭐지, 하는 눈빛으로 나를 본다. 고양이가 할머니 다리에 제 몸을 비빈다. 나도 다정하게 냥이야 하고 불러보지만 내 목소리는 까치 소리만도 못하나 보다. 할머니는 고양이 캔을 따더니 맨손가락으로 퍼낸다. "손 다치면 어쩌시려고요!" 완전히 떼어내지 않은 캔 뚜껑이 날카롭다. 할머니는 매일 하는 일이라 괜찮다며 고양이가 먹다가 혀를 다치는 게 더 큰 일이라고 한다. 말 못하는 녀석이 얼마나 아프겠냐며. 할머니가 또 가방에서 은박지로 싸인 덩어리를 꺼낸다. 방금 삶은 닭인데 고양이 먹이려고 찢어온 거라고 한다. 나한테 맛을 볼 거냐고 물어서 경악한다. 나를 큰 고양이라고 생각하는 것일까, 내가 먹고 싶어서 쳐다본다고 생각하는 것일까. 닭을 안 좋아해서 사양한다. 고양이가 닭고기를 한 꼬집 먹고는 고개를 돌린다. 할머니는 고양이가 사람들이 던져주는 짠 소시지나 참치에 길들어서 문제라고 말한다. 내가 괜히 혼나는 기분이 든다. 할머니는 이 좋은 걸 왜 안 먹냐고 고양이를 나무라며 닭고기를 당신 입에 넣더니 또 찢어 내 입에 들이민다. 아, 할머니. 조금 전에 고양이 사료 만진 손이잖아요! 그러나 본능적으로 입을 벌려 받아먹고 만다. 따뜻하고 비리다. 닭에 소금을 안 넣었냐고 물으니 할머니가 동물이 먹는 음식에 소금을 넣는 바보가 어디에 있냐고 한다. 갑자기 바보 고양이가 된 기분이다. 고양이도 너무 밍밍해서 안 먹는 게 아닐까. 고양이는 캔 사료를 다 먹고 다시 풀숲으로 들어간다. 할머니도 오늘의 할 일을 다 했다며 저녁 먹으러 들어간단다.

입안에 따뜻한 닭고기 맛이 여운으로 남아 저녁으로 백숙을 만든다. 식구들이 갑자기 웬 보양식이냐며 반가워한다. "할머니가 입에 넣어준 닭고기가 맛있더라고…." 남편은 무슨 귀신 씻나락 까먹는 소리냐며 잠시 흘겨보고는 곧바로 백숙에 집중한다. 나는 맛있게 짜게 먹기와 맛없게 건강하게 먹기를 고민하다가 닭죽에 소금과 후추를 팍팍 친다.

*

미영이가 56번가 사거리에 새로 생긴 사우나에 같이 가자고 한다. 나는 우리가 서로의 알몸을 보여 줄 정도로 친한 사이는 아니지 않냐고 말하고 싶은 걸 참는다. 나는 저혈압 때문에 목욕탕에 원래 안 다닌다고 말한다. 미영은 네가? 언제부터? 전문의를 소개해줄까? 라고 연거푸 묻더니 내 답은 듣지도 않고, 사우나가 피부에도 좋고 체중 감량에도 좋은데 그걸 누리지 못하다니 매우 안타깝다고 말한다. 나도 그렇다고 대꾸한다.

새로 생긴 사우나가 궁금하기는 해도 아는 사람을

만날까 두려워 일부러 옆 동네의 목욕탕에 간다. 시설이 오래되긴 했지만, 입장료도 저렴하고 실력이 뛰어난 세신사가 있다. 목욕탕에 들어가자마자 세신사를 찾아 예약한다. 세신사 이모님은 내 얼굴을 보더니 왜 이렇게 오랜만에 왔냐고 아는 척을 한다. 오랜만이라는 말이 마냥 반갑다는 뜻으로만 들리지 않아 떨린다. 때 밀러 왔는데 때가 많이 나올까 봐 가슴을 졸이다니.

간단히 몸을 씻고 탕에 들어간다. 쑥탕, 인삼탕을 오가며 목까지 담그고 있으니 어쩐지 한방 삼계탕이 된 듯하다. 얼마 후 이모님이 나를 부른다. 때밀이 침대에 눕는다. 매우 민망한 침대지만, 부끄러워하면 서로가 더 불편해지고 만다. 최대한 여유 있는 척하며 마치 내 때가 아니라는 듯이 질끈 감은 눈을 뜨지 않는다(이모님과 눈을 마주치는 순간 모든 평정심은 사라지게 된다). 이모님이 내 등이나 팔뚝을 톡톡 두드리는 촉감에만 집중한다. "정말 오랜만에 온 거죠? 때가 많이 나오네." 이모님의 은근한 불평이 들린다. 뭐라고 대꾸해야 할지 몰라 두 눈을 더 꼭 감는다.

일 킬로그램은 빠진 듯한 개운함을 느낀다. 거울에 비친 내가 매끈한 우엉 같아서 마음에 들기도 안 들기도 한다. 이제 막 목욕탕에 들어온 한 여자가 내 몸을 뚫어지게 훑는 듯한 시선을 느낀다. 예의 없게 뭐 하는 짓이야, 하고 뒤돌아봤을 때 여자의 얼굴을 보고 화들짝 놀란다. 미영이었다. 나도 모르게 자석처럼 미영 앞으로 끌려간다. 마치 잘못을 저지른 아이처럼 눈도 못 들고 주뼛대며 서 있다. 외투를 입고 있는 미영과 수건 한 장을 처절하게 붙들고 있는 내가 마주 선다. 발가벗겨진 느낌이 무슨 뜻인지 완벽하게 알게 된다. 평상에 앉아서 요구르트를 마시는 할머니들이 우리를 흥미롭게 쳐다본다. 그다음 상황은 잘 기억나지 않는다.

*

정수기 코디가 왔다. 30대로 보이는 젊은 남성이다. 필터 교체는 오 분 만에 끝났는데 카탈로그를 꺼내 상품 홍보는 십 분 동안 한다. 전화라면 종료 버튼을 누르고 길거리라면 스쳐 지나갈 텐데… 내 집에 들어온 사람의 말을 끊을 수가 없어 애매한 웃음만 짓는다. 그는 궁색한 우리 집 살림은 안중에도 없이 매우 의욕적으로 영업한다. 사람 앉을 데도 없는 거실에 집채만 한 안마 의자는 웬 말이며, 식기세척기며 음식물 처리기는 머리에 지고 살라는 건지. 눈이 없냐고 묻고 싶은 대신 카탈로그를 천천히 보겠다고 말한다.

그는 정수만 되는 기본 모델을 쓰는 집은 오랜만에 본다고 한다. 얼마나 편한지 모른다며 이참에 온수는 당연하고 얼음까지 나오는 정수기로 바꾸라고 끈질기게 권한다. 내가 편리한지 몰라서 물을 끓이고 얼음을 얼리는지 아냐고 따지고 싶은 충동을 참는다.

"얼음은 냉동실에서 얼리고 뜨거운 물은 주전자에 펄펄 끓여야 제맛이죠."

나의 구차한 변명에 진저리가 난다. 내가 새 제품에 관심이 없자 그는 낙담한 듯 보인다. 그러고는 마치 큰 선심이라도 쓰듯 새로운 디자인의 정수기로 교체해 준다고 말한다. 그러나 세상에 공짜는 없는 법.

"새 정수기로 교체해 주는 조건이 뭐죠?"

나의 허를 찌르는 질문에 그가 움찔한다.

"대여비는 이천 원밖에 안 오르고요. 3년 약정에 2년 의무 사용입니다."

그가 자신 없게 답한다. 이천 원 '밖에'라니. 나는 남의 돈을 쉽게 말하는 사람을 싫어한다.

"그럼 안 할래요. 저는 지금 쓰고 있는 정수기로도

충분합니다."

나의 단호한 말투에 그는 하루만 더 생각해보라고, 내일 다시 전화하겠다고 애절한 눈빛으로 말한다. 젊은 남자의 간절한 눈빛은 오랜만이라 잠시 마음이 설렌다.

*

그로부터 전화가 온다. 그는 나를 사모님이라고 부르며 잘 생각해보셨냐고 나긋하게 묻는다. 사모님이라는 소리에 순간 마음이 약해졌지만 나는 재계약하지 않고 기존 정수기를 쓰겠다고 확고하게 얘기한다. 일 초의 적막이 흐른 후 그가 말한다.

"기계는 계속 쓰실 수 있으나 as 혜택은 없어서 고장 수리 시 큰 비용이 청구될 수 있습니다."

조금 전까지만 해도 다정하던 목소리가 기계처럼 싸늘하게 변해 마음이 상한다. 그나저나 '기계를 계속 쓸 수 있다'라니. 공짜로 쓰는 것도 아니고 달마다 대여비로 만 원이나 내는데. 무슨 말을 그렇게 하냐고 따지려는 찰나 전화가 뚝 끊긴다. 그가 남긴 제품

카탈로그가 눈에 띄어 박박 찢어발긴다.

*

　남편에게 정수기 코디의 만행을 이른다. 재약정을 안 했더니 수리비가 많이 나올 수 있다고, 협박 비슷한 걸 당했다고 살을 붙여 고자질한다. 애초에 큰 반응은 바라지도 않지만, 마누라가 수모를 당했다는데 원만한 가정생활을 위해 남편이 뭐라고 할지 기대한다.

　"재계약을 하지 그랬어. 새 모델로 바꿔준다는데."

　남편은 눈치도 없이 바꾸는 게 낫겠다는 말로 내 화를 돋운다. 아니, 오래 썼으니 꼭 바꾸라고 강조한다. 순간 나와 정수기 중에 하나를 택하라고 소리 지르고, 남편이 정수기와 재혼하는 망상이 눈 앞에 펼쳐진다.

　내일 정수기 코디에 연락할 생각을 하니 머리가 지끈거린다. 세상에 내 편은 하나도 없다는 느낌에 쓸쓸해진 채로 잠이 든다.

*

　세진과 간판도 없는 분식집에 들어간다. 더위에 지
쳐 원래 가려던 번화가의 근사한 식당도 포기하고 싶
던 차에 갑자기 내리는 소나기도 피할 겸 눈에 띄는
아무 가게로 들어선 것이다. 가게 안은 오랜 세월이
흐른 듯한 옥색 탁자와 다리 칠이 벗겨진 의자, 김장
대야만 한 큰 만두 판과 아무렇게나 쌓아 올린 냅킨
상자, 포장 용기가 가득 든 비닐봉지로 어수선하다.
세진과 눈이 마주치지만, 창밖의 굵은 빗줄기를 보고
는 자리에 앉아 버린다. 세로로 쓰인 메뉴를 읽고 사
장 할머니에게 만두와 치즈김밥, 라면을 주문한다.
금방 나온 만두는 투박한 모양에 간이 심심하고 치
즈김밥은 조금의 기교도 없는 맛이다. 외식하면 짠맛

에 미간을 찌푸리기 마련인데 싱거움에 당황하기는 또 처음이다. 소금 자체를 잊은 맛이다. 종지에 간장과 식초를 양껏 덜어 만두를 푹 찍어 먹는다. 다행히 라면수프는 잊지 않은 듯하다. 우리는 김밥과 만두를 펄펄 끓여 나온 라면 국물에 적셔 먹는다.

벽 선반에 앉은 뚱뚱한 브라운관에선 〈생로병사의 비밀〉이라는 방송이 나온다. 수술 장면이나 해부 도감, 환부가 자주 나와 밥 먹으며 보기에 불편하다. 채널을 돌려 달라고 말하고 싶지만, 사장 할머니가 티브이에 빠져있어 말하지 못한다. 사장 할머니는 티브이를 보며 "그럼, 관절이 중요하지", "빨리 수술하기를 잘했네" 혼잣말을 하다가 갑자기 일어나 무릎을 돌리고 기지개를 켠다. 또 "저 이가 명의구먼" 하더니 의사의 이름을 되뇌며 넓은 공책에 적는다. 세진과 눈빛을 주고받으며 웃는다. 왜인지는 모르겠지만 우리도 점차 의학 프로에 빠져든다. 듣기 불편했던 내용이 차츰 익숙해지며 "병 키우면 안 돼", "다리 꼬는 자세는 정말 안 좋네"라는 말을 나눈다.

갑자기 내 코앞으로 김치를 든 손이 나타나 놀라 젓가락을 놓칠 뻔했다.

"먹어봐요. 간이 짠가 안 짠가."

사장 할머니가 내 입에 김치를 넣고 답을 기다린다.

"맛있는데 좀 짜요."

솔직한 평을 해놓고 괜한 말을 했나 싶어 "식당 김치는 좀 짜야 하죠?" 하고 수습한다. 심각한 일이라는 듯 사장 할머니의 미간이 찌푸려진다.

"짜요? 짜면 안 돼요. 나는 짜게 안 해요."

〈생로병사의 비밀〉 열혈 시청자답게 음식을 짜게 안 하는구나. 그래서 만두도 김밥도 심심했던 거구나 (라면은 어쩔 수 없지만). 사장 할머니는 김치를 다시 비벼 한 접시 내어준다. 우리는 갓 담근 짜지 않은 김치를 만두에 올려 먹는다. 간이 딱 맞는다.

*

눈길 닿는 곳마다 장미 넝쿨이 흐른다. 이른 벚꽃이 피더니 찔레꽃과 장미도 성급하다. 한반도에 봄가을이 사라지고 아열대 기후가 된다더니 꽃이 먼저 말해주는 것인가. 아름다운 꽃을 보고도 두렵고 쓸쓸한 기분이 먼저 든다. 누구보다 많은 이산화탄소를 발생시키는 도시 생활자로서 마음이 불편하다. 되도록 대중교통을 이용하고 걸어 다니는 일, 일회용품을 안 쓰고 분리배출을 하는 습관, 에너지 사용을 줄이는 노력에 더해서 개인이 할 수 있는 일은 무엇일까 고민한다.

진지한 생각과는 다르게 금세 장미의 자태와 향기에 홀린다. 언젠가 마당이 있는 집에 살게 된다면 담장마다 색색의 장미를 심고 싶다. 앞에 가던 아주머니가 걸음을 멈추더니 날이 두꺼운 원예용 가위를 꺼내 장미꽃 한 송이를 싹둑 잘라 쇼핑백에 넣는 장면을 목격한다. 나는 좋은 생각이라고, 어차피 꽃은 산에 널렸고 시간이 지나면 다 지고 마니까, 다음에는 문구용 가위라도 들고 나와 장미를 잘라가야겠다고 생각한다. 그때 갑자기 고함이 들린다.

"모두가 보는 장미를 꺾어 가면 어떡해요?"

뒤를 돌아보니 등산복을 입은 한 아주머니가 성난 표정이다. "한 송이인데 어때요." 나무람을 들은 아주머니가 작은 소리로 변명한다.

"한 송이라고요? 가방에 한가득 이구먼. 사람이 양심도 없이."

등산복을 입은 아주머니는 내게도 보라는 듯 눈짓한다. 실제로 쇼핑백 안에는 장미꽃이 가득 차 있다. 나는 언제 그랬냐는 듯이 '아주머니, 그러시면 안 되죠' 하는 눈빛을 보내고 얼른 도망간다. 지구를 구하기 전에 내 양심부터 구해야겠다.

*

차 마시러 오라는 연락에 세진의 집에 방문한다. 처음 보는 여인이 나를 보고 꾸벅 인사한다. 얼마 전에 아래층으로 이사 왔다고 한다. 세진이 술 취한 밤에 '아래층 여자를 부를까'라고 했던 말이 불현듯 떠오른다. 나이도 우리와 같다며 셋이 어울려 지내면 좋겠다고 세진이 말한다. "내가 왜?"라고 말하고 싶은 걸 참는다. 둘이 이미 친한 듯 말을 놓고 대화하는 모습에 심기가 불편해진다.

여자의 첫인상이 마음에 안 든다. 밝은 갈색으로 염색한 긴 머리, 파란색 셔츠에 시뻘건 립스틱까지 인간 태극기가 따로 없다(웬 화장을 저렇게 진하게 한담). 긴 귀걸이며 화려한 네일 아트, 붙인 속눈썹까지. 외모 가꾸기에 꽤 신경 쓰는 타입이라 수수한 세진과는 깊이 친해질 수 없을 듯하다. 그녀는 수학 강사이고 고등학생 아이가 하나 있다고, 묻지도 않은 자기소개를 늘어놓기에 건성으로 듣는다. 이사 온 지 얼마 안 되었다면서 세진네 살림을 꿰고 있는 듯, 내가 손님인 양 내 앞에 찻잔을 내려놓는 손길이 거북하다.

생각해 보니 지난달부터 세진의 연락이 뜸했다는 걸 이제야 눈치챘다. 나도 시간이 없다는 핑계로 몇 번의 만남을 미루기는 했지만, 확실히 세진의 연락이 줄었다. 새 여자가 생겨서 그런 거였구나. 정체를 알 수 없는 불덩이가 가슴에 휘몰아치며 처음 보는 아래층 여자가 무턱대고 미워진다. 어떤 표정으로 세진과 헤어져 집으로 돌아왔는지 모르겠다. 괜히 식구들에게 짜증만 부린다.

*

세진에게 전화하고 싶은 마음도 들지 않는다. 누구와 무슨 얘기라도 하고 싶어져 핸드폰을 열어보지만, 마음 편히 전화할 친구 하나가 없다는 사실에 절망한다. 때마침 미영의 전화가 걸려 온다. 옆 동네 사우나에서 (나만) 벌거벗은 채 마주친 이후로 서로 연락하지 않았다. 미영은 서운했을 테고, 나는 미안했지만 될 대로 되라는 심정으로 미영을 배려하지 않았다. 그런데 먼저 전화가 오다니. 어쩌면 미영이 진짜 속이 깊은 사람이고 진정으로 나를 사랑하는 친구가 아닐까, 하는 생각이 든다.

미영은 목욕탕에서의 일은 기억도 안 난다는 듯 기분 좋은 목소리로 시어머니와의 여행 이야기를 자랑한다. 합가는 언제 하냐고 물었더니 시어머니가 프라이버시가 중요하단 이유로 반대했단다. 혜안이 뛰어난 분이라며 시어머니를 극찬한다. 새로 산 가방 얘기를 하다가 내가 알지 못하는 각종 모임의 꼴불견인 사람에 대해서도 쉴 새 없이 떠든다. 미영의 맥락 없는 남의 험담도, 지긋지긋한 돈 자랑도 어쩐 일인지 귀엽게 느껴진다(이 또한 나를 믿으니 가능한 일 아닌가). 전과 다르게 미영의 말에 토를 달지 않고 전부 공감하는 부드러움을 보인다. 나의 언사에 미영이 감동하지 않을까 생각하는 찰나 그녀가 말한다.

"얘가 죽을 때가 됐나. 왜 이렇게 착해졌지?"

나를 평소에 어떻게 생각하고 있었는지 궁금하다.

*

56번가 사거리에서 행인에게 광고지를 나눠주는 일행을 본다. 본능적으로 그들에게서 제일 먼 건널목에 선다. 고개를 숙이고 스마트폰 보는 척을 하지만 구두 하나가 곁으로 다가오는 소리가 들린다. 이어폰을 찾아 꽂기에는 늦었다. 교회 팸플릿 한 장이 눈 아래로 쓱 들어온다. "예수 믿으세요." 상냥한 목소리가 낯설지 않아 고개를 든다. 몇 달 전에 신도시로 이사 갔던 주은이 엄마다. 주은 엄마도 나를 보고 놀란다. 까무잡잡한 얼굴에 송아지처럼 끔뻑이는 눈이 그대로다.

　　"이 동네까지 어쩐 일이야?"

　　주은 엄마는 겸연쩍은 표정을 지으며 다시 이사 왔다고 말한다. 정리가 덜 된 상태라 아직 연락도 못 했다고.

　　"아니, 좋은 아파트 놔두고 왜 다시 이 동네에 왔어?"

　　나도 모르게 목소리를 높이자, 주은 엄마의 일행이 소리쳐 묻는다.

　　"권사님, 괜찮아요?"

　　주은 엄마는 슬그머니 내 손을 잡더니 "교회 때문에 다시 왔지"라고 한다. 이렇게 보니 정말 반갑다고, 가끔 내 생각이 났다며 별안간 눈물을 글썽이고는 나를 본다(나를 구원받지 못한 어린 양으로 생각하는 게 분명하다). 아, 교회! 슬며시 손을 뺀다. 같이 이야기 나눌 친구 하나가 아쉬운 마당에 다시 나타난 주은 엄마가 반가우면서도 그녀가 선교 활동에 진심이라는 사실이 안타깝다. 식전 기도야 모르는척해 줘도 주말이 가까워지면 어김없이 교회 가자는 문자가 날아들었다. 한 번만 더하면 예수쟁이라고 이름을 바꿔 저장하겠다고 협박했다. "핸드폰 번호 안 바뀌었지?" 주은이 엄마가 묻기에 목자를 두려워하는 사탄의 마음도 바뀌지 않았다고 농담한다. 주은 엄마는 "여전하네" 하면서 웃는다.

종교에 빠진 친구, 새 여자에 빠진 친구, 허영에 빠진 친구. 나는 친구 복이 어찌하여 이렇게 없는가. 그 사람을 알려거든 친구를 보라는 격언이 생각나 더 씁쓸해진다. 백일기도나 금식기도를 하면 이 상황이 달라질까, 하고 잠시 고민한다.

*

얼마 전 불고기용 돼지고기를 싸게 파는 정육점을 발견했다. 저렴한 가격이라 질기거나 냄새가 나지 않을까 했는데 필요 없는 걱정이었다. 오늘도 돼지고기만 원어치를 주문한다.

"구워 먹으니 정말 맛있던데요."

"네? 후지를 구워 드셨다고요?"

정육점 사장님이 당황한다. "엄청 뻑뻑할 텐데…" 하며 말끝을 흐린다. "저희는 원래 뒷다리살 구워 먹는 걸 좋아해요." 내 말에 사장님의 동공이 흔들린다. 서로 뭔가 잘못한 것 같은 느낌에 침묵이 흐른다. 사장님이 어색한 분위기를 깨트리려 말을 잇는다.

"취향이 다르니까 그럴 수 있죠. 글쎄 제 친구 녀석 하나도 맥심보다 맥스웰 하우스가 맛있다는 거예요. 지독한 구두쇠거든요. 분명히 싸서 맥스웰 하우스를 먹는 걸 거예요."

사장님은 자기도 모르게 본심을 말해버린다. 나는 삼겹살 대신 값싼 뒷다리살을 구워 먹는 지독한 구두쇠가 된다. 사장님은 아차 싶은지 입을 다문다. 두 번째 침묵이 흐른다. 돈을 내고 도망치듯 정육점에서 나온다. 뒷다리살을 양념해서 불고기로 먹는 건 괜찮고 구워 먹는 건 구두쇠 소리를 들을 일인가. 이 억울함을 어디에다 호소하면 좋을지 고민한다.

요새 되는 일이 없다. 글도, 친구도, 고기도.

*

전화가 울린다. 핸드폰에 세진의 이름이 보이자 반
가움과 서운함을 동시에 느낀다. 천천히 전화를 받는
다. "산책할래?" 나의 심란한 마음은 모른 채 세진의
목소리는 맑다. 나는 아무렇지 않은 척 미미도 데리고
가자며 세진의 반려견까지 챙기는 모습을 보여준다.
세진은 너무 좋다며 기뻐한다. 이게 진짜 친구란다,
라고 덧붙이고 싶은 걸 유치하게 보일까 봐 참는다.

양쪽 귀와 눈두덩이가 갈색인 시츄가 나를 보고 멀
리서부터 꼬리를 흔든다. 역시 사람보다 개가 낫다니
깐, 하다가 태극기 여인한테도 꼬리를 흔들겠지? 하
는 생각에 개가 얄미워진다. 아니, 잠깐만. 내가 저
귀여운 강아지에게 무슨 생각을 하는 거지. 오십이
가까운 나이에 개한테도 질투라니. 나이는 숫자에 불
과할 뿐이라는 말이 (철없다는) 다른 의미로 다가온
다.

56번가 사거리를 지나 갑자기 핫플레이스가 된 번

화가를 건다.

"옛날에 여기 기억나? 사람도 뜸한 골목 시장이었는데 말이야."

"당연히 나지. 오천 원어치 꿀떡 사서 애들도 먹이고 우리도 먹고 그랬잖아."

"그게 벌써 십 년 전 일이네. 그 허름한 골목이 이렇게 뜰 줄 누가 알았겠어."

"맞아, 시장 점포 한 칸이라도 사 뒀어야 했는데."

"돈은 있었고?"

둘이 킬킬거리며 부질없는 이야기를 한다. 우리는 망상 속에서 유한부인이 되어 해외여행을 밥 먹듯 다니고 매입할 빌딩을 구경하러 다닌다. 야자나무가 드리워진 풀장에서 수영하다가 지배인이 내어주는 칵테일을 마신… 미미가 자리에서 뱅글뱅글 돌더니 뒷다리를 쪼그려 앉는다. 세진아, 잠깐만. 미미 똥 싼다. 똥을 여러 번 치우고 잡소리를 늘어놓는 사이 공원에 도착한다. 반려견 놀이터에 미미를 풀어주니 갈색 귀를 펄럭이며 뛰어다닌다. 세진이가 "재미있는 얘기 해줄까?" 한다.

"내가 '미미야' 하고 부르니까 미진이가 '응' 하고 대답하는 거야. 네가 왜 대답하냐고 했더니 어려서부터 집에서 이름 대신 미미라고 불렀대. 내가 우리 미미를 부를 때마다 미진이가 대답해서 얼마나 배꼽 빠지는지 몰라. 정말 웃기지?"

직감적으로 미미인지 뭔지가 태극기 여인이라는 걸 알아챘다.

"미진이가 누군데?"

알면서도 모르는 척 묻는다.

"저번에 봤던, 우리 아래층에 이사 온 친구 이름이 미진이야. 나랑 이름도 비슷하지?"

더 열받는다. "재미있네"라고 대답하지만, 여러 가지 이유로 심사가 뒤틀어진다. 둘이 같이 있는 시간이 많은 것 같아서 신경 쓰이고 또 '얼마나 배꼽 빠지게 웃는지'라는 말이 마음에 걸린다. 나랑 있을 때 빼고는 웃을 일이 없다더니 배꼽이 빠진다고? 괜히 부아가 올라 입을 꾹 다문다.

미미의 재롱에 기분이 나아진다. 어디서 주인 없는 공을 물고 와 내 앞에 놓는다. 던지라고? 시츄는 네 발을 재빨리 굴러 공을 물고 와 다시 내 앞에 내려놓는다. "미미야, 너는 나만 좋아할 거지?" 세진이 무슨 소리냐고 묻는다. 아무것도 아니야.

도랑으로 흐르던 수다가 바다만큼 넓어진다. 경전철이나 복개천 같은 지역의 문제부터 우리 아이들과 동네 사람들 이야기, 세진이 최근에 빠진 지구종말론

과 외계인 목격설, 속을 긁는 시어머니와 시누이 이
야기까지 우리가 함께한 시간만큼의 깊이가 더해져
해가 저무는지도 모른 채 떠든다. 미미마저 지쳐서
내 발치에 엎드린다. 세진은 스트레스가 싹 풀린다며
"내가 너 아니면 누구랑 속풀이를 하겠니"라는 애틋
한 말을 한다. 갑자기 행복해진다. 십 년 세월의 추억
을 놔두고 우정을 의심하고 질투한 나의 어리석음을
반성한다. 그때 세진의 전화가 울린다.

"나? 산책 나왔어. 안 그래도 너희 집 들르니까 없
던데."

똥 씹은 기분이 된다. 행복했던 기분이 나락으로
떨어진다. 나와의 산책에 미미인지 뭔지를 동반하려
했다고? 속이 상한다. 내 끓는 마음을 아는지 모르는
지 "미진이가 너도 데리고 오래. 밥해 놓는대" 하면
서 붙든다. "남편이 퇴근하는 중이야. 미진 씨에게 못
가서 미안하다고 전해 줘." 마음에도 없는 소리를 하
고 헤어진다.

착잡한 마음에 잠이 오지 않아 영상이나 볼까 하고
유튜브에 들어간다. 좋아했던 옛날 드라마의 주인공
김삼순이 말한다.

"추억은 추억일 뿐이에요. 추억은 아무런 힘이 없

어요.”

눈물이 또르르 흐른다.

*

남편이 요새 기분이 왜 저기압이냐고 묻는다.

“그냥.”

“고기를 먹어야겠네.” 남편이 엉뚱한 답을 한다. “그게 무슨 소리야?” “기분이 저기압일 땐 고기 앞으로. 몰라?” 그가 껄껄 웃는다. 한심하다. 재미도 없고 감동도 없고.

그러나 어느새 정육점에 가고 있는 나를 발견한다(동물권과 환경을 고려해 육식을 지양해야 한다고 생각하면서도 늘 본능에 지고 마는 나의 한계를 언제쯤 극복할 수 있을까). 뒷다리살을 굽고 맥주를 마신다. 금방 취기가 올라온다. 취한 김에 썩 미덥지는 않지만 그래도 내 편이라 믿고 있는 남편에게 요새 나의 심경에 대해서 고백한다. 세진에게 새 친구가 생겨 질투가 난다고. 남편은 또 껄껄 웃더니 하는 말,

“아직도 애구나. 에너지를 감정 소모하는 데다 쓰

지 말고 발전적인 데 써 봐."

아오, 이걸 콱. 불판을 던지고 싶은 충동을 아이들의 장래를 생각해서 참는다(이별 수가 보인댔어. 조심해야 해). 세상에서 서른여섯 번째쯤으로 친한 남편에게 다시는 속 얘기를 하지 않겠다고 다짐한다.

*

아침마다 인터넷 쇼핑몰에 출근한다. 알뜰 쇼핑을 한다는 구실이지만 쇼핑 중독이 확실하다. 거의 매일 그날의 특가를 산다. 예전에는 싸다고 무턱대고 사다 보니 허접한 상품을 마주한 적이 많았다. 이것도 경험이 쌓이는지 요새는 실패가 없다. 오늘 눈에 띈 상품은 살아있는 꽃게다. 남편이 좋아해 식탁에 자주 올리고 싶지만, 가격이 부담돼 수입산 냉동 꽃게를 자주 산다(중국산을 하도 먹었더니 잠꼬대도 중국어로 할 판이다). 그런데 오늘의 특가가 국내산 꽃게라니 반갑기 그지없다. 가격도 시중 마트의 절반밖에 안 된다. 당장 구매 버튼을 누를까 하다가 망설인다. 생물은 크기나 밀도를 알 수 없고, 신선도를 장담할 수 없어 고민한다. 그러나 상품 상세 페이지의 한 문장을 보고 웃음이 빵 터진다.

'기상악화로 인해 목숨 걸고 조업 중.'

진실과는 거리가 먼(진실이어서도 안 되는) 농담이지만, 목숨 걸고 꽃게를 잡는다는데 어떻게 주문을 안 하겠는가. 터져 나오는 웃음을 참으며 구매 버튼을 누른다. 역시 유머는 힘이 세다.

습관적으로 쇼핑몰 링크를 세진에게 보낼까 하다가 손이 멈춘다. 쇼핑 정보를 공유하면 매번 네 덕분에 싸게 산다며 좋아했는데 요샌 아무것도 알려주고 싶지 않다. 아무래도 나만 알기에는 아까워 또 다른 나의 친구인 미영에게 링크를 전달하지만, 곧 그 결정을 후회한다. 금방 날아온 미영의 답장.

"난 인터넷 상품은 못 믿겠더라. 싼 게 비지떡이란 말도 있잖니."

우리 집은 비지떡으로 찜도 해 먹고, 탕도 끓여 먹는다고 받아칠까 하다가 그만둔다.

세상이 너무 외롭다.

*

글을 쓴다는 구실로 노트북 앞에 앉아있지만, 한글 프로그램보다 네이버나 유튜브를 보고 있는 시간이 더 많은 듯하다. 언제부터인지는 모르겠지만 나를 지켜보던 남편이 하는 말, "집중력이 닭 보다도 못 한 것 같은데?" 달리 부정할 수가 없어 "꼬꼬댁 꼬꼬"라고 답한다. 남편이 인터넷을 끊어줄까? 하기에 인터넷은 괜찮고 네이버랑 유튜브를 끊어줘, 라고 했더니 입이 떡 벌어진다(왜, 왜? 또 뭐가 잘못된 건데?).

대체 글 쓰는 사람들은 유튜브 알림과 세탁기 작동음, 쇼핑몰의 타임 특가, 쌓여있는 설거지, 갑자기 하고 싶어지는 옷장 정리의 유혹을 어떻게 이겨내는지 궁금하다. 목마름, 배고픔, 고양이, 머리 간지러움, 산지 직송이라는 과일 트럭의 방송, 약속도 없는 이번 주말의 날씨 등등도. 작가들은 컴퓨터 앞에 앉자마자 어떻게 문장을 줄줄 써내는지, 글은 엉덩이 힘으로 쓴다는데 몇 시간 동안이나 움직이지 않고 쓰는지도 궁금하다.

남들은 오십 분 일하고 십 분 쉰다는데, 나는 십 분 글 쓰고 오십 분 동안 다른 짓을 한다. 문득 우리 아이들이 핸드폰만 보고 있거나, 책상에 오래 앉아있지 못하고 왔다 갔다 하는 모습이 떠오른다. 왜 하필 나의 나쁜 점을 닮은 것일까 하고 자책한다. 좀 전에 내게 집중 좀 하라며 잔소리하던 남편이 어느새 책은 내팽개치고 핸드폰을 뚫을 듯 코앞에 두고 보고 있다. 아이들이 나만 닮지 않아서 다행이다.

머리도 식힐 겸(뭘 했다고?) 펴든 책에서 나를 지켜보고 쓴 듯한 문장을 읽는다.

'글을 쓰려고 앉았다면 하지 말아야 할 일들이 몇 가지 있다. 전화 받지 않기. 이메일 확인하지 않기. 철자가 헷갈리는 단어 확인을 포함해서 어떤 이유에서건, 그리고 글쓰기를 미룰 뿐인 자료조사라는 미명 아래 인터넷 접속하지 않기.'

《계속 쓰기: 나의 단어로》, 대니 샤피로

*

남편이 들어오는 소리는 안 들리는데 택배가 놓이는 소리는 잘 들린다. 스티로폼 상자가 바닥에 떨어지는 소리다. 꽃게다. 꽃게가 왔다. 아이스박스 가득히 간간이 그물을 두른 꽃게가 얼음과 함께 가득 들어있다. 자기들끼리 붙잡고 싸운 것인지 집게발도 몇 개 안 보이고 크기가 들쑥날쑥해 아무래도 상품과 하품을 섞어 보낸 듯한 인상을 지울 수 없다. 시중의 반값이니 감내해야 한다고 생각한다.

꽃게가 도착했다는 소식을 알리자 남편이 일찍 오겠다고 한다. 이럴 때마다 드는 생각. 평소에도 충분히 일찍 들어올 수 있는데 일부러 늦게 오는 것일까? 퇴근 시간의 비밀을 밝혀내고 싶다. 주방용 솔로 꽃게의 배 안쪽과 다리 사이를 꼼꼼하게 닦는다. 작년 이맘때 세진과 꽃게 라면을 먹었던 기억이 떠올라 두 마리를 따로 빼놓는다(내일 라면 먹으러 오라고 할까?). 큰 찜통이 없어 제일 큰 냄비 두 개를 꺼내 꽃게를 찐다. 비린내를 좋아하는 사람은 없지만(있다! 우리 남편), 이 꽃게찜 냄새만큼은 향수로 제작해도 좋지 않을까 하고 생각한다. 대박 아이템을 남편에게 얘기한다. "당신이 돈이 없어서 다행이야." 비린내 마니아로서 좋은 생각이라며 칭찬할 줄 알았던 남편이 싱거운 반응을 보인다.

목숨 걸고 조업한 선장님 덕에 꽃게를 배부르게 먹는다.

*

sns에 오랜만에 들어간다. 세진의 계정에 새 게시물이 많아 반가운 마음이 드는 찰나, 싸한 느낌도 든다. 아무래도 동반자가 전부 빨강 입술 태극기 여인인 듯하다. 근사한 카페와 식당, 전시회와 백화점 사진들이 수두룩하다. 사진을 보고 있자니 서운한 감정도 들고 미안한 마음도 든다. 타고난 집순이인 나는 활동적인 세진에게 썩 좋은 친구가 아니었을 것이다. 당일치기 바다 여행을 가자고 해도 다음에, 강이 보이는 근교의 카페에 가자고 해도 너무 멀어서 싫어. 어디에 가자는 청을 몇 번이나 거절했더니 놀러 가자고 묻는 일도 점점 줄어들었다. 고작해야 동네 공원이나 멀지 않은 번화가, 동네의 카페에 다닌 게 다였으니, 내가 참 이기적인 친구였단 생각도 든다. 미진 씨는 세진에게 좋은 친구일까? 울적한 마음으로 sns를 닫는다.

*

56번가 사거리에서 주은이 엄마와 마주친다. 차마실 시간 있어? 나의 청에 주은 엄마가 흔쾌히 앞장

선다. 큰 눈을 끔뻑이며 이런저런 얘기를 하던 주은 엄마는 내가 기운이 없어 보인다며 혹시 다른 근심이 있냐고 묻는다. 입맛이 없고 신나는 일이 없을 뿐 별 일은 없다고 둘러대다가, 세상일이 내 맘 같지 않아 공허하다고 고백한다. 주은 엄마는 연신 고개를 끄덕이더니 이런 얘기 싫어할 줄은 알지만, 자기도 그래서 믿음에 의지하게 됐다며 교회에 나와서 공부하면 성령이 충만해진다고 말한다. 성령이 충만해지면 자존감이 올라가 타인의 영향을 덜 받아 온전한 나로 살아갈 수 있다고 덧붙인다. 딱 내가 원하던 이상적인 삶이라 그럼 나도 교회에 나가볼까? 라고 말할 뻔했다. 그러나 일요일 아침의 늦잠과 시계를 보지 않아도 되는 여유로운 산책을 포기할 수 없어 그만둔다. 대신 예전엔 무턱대고 교회에 나오라고만 하더니 지금은 유혹의 기술이 늘었다고, 괜히 권사님이 된게 아니라고 칭찬한다. 주은 엄마가 기뻐한다.

*

세진이 요새 왜 이렇게 연락이 뜸하냐며 소식을 물

어온다. 왜긴, 너한테 단단히 삐져서 그렇지, 라는 말 대신 그냥 좀 바빠서, 라고 얼버무린다.

"애정이 식었어."

세진이 서운한 목소리로 말하더니 "사랑이 어떻게 변하니?"라는 영화 대사를 흉내 내며 웃는다. 〈봄날은 간다〉는 우리 둘 다 너무 좋아해서 세 번이나 같이 본 영화다. 나도 웃는다.

"시간 나거나 배고프면 언제든지 우리 집에 와. 라면 끓여 줄게."

한결같이 다정했고, 변함없이 따뜻한 목소리에 눈물이 올라온다. 내가 이래서 세진이를 좋아하지. 또 누구든 세진이를 좋아하는 건 당연하지. 옹졸한 내 질투 때문에, 세진이를 속상하게 하거나 세진이와 멀어지는 일이 있어서는 안 된다고 깨닫는다. 또 우리 사이에 누군가 잠시 끼어든다고 해도 우리의 우정은 변하지 않을 테니까, 세진도 나도 서로를 아끼는 마음은 달라질 리 없을 테니까 말이다. 마음이 홀가분해지며 기분이 날아갈 듯 가벼워진다. 글이 날개 돋친 듯 쭉쭉 써진다.

*

장을 잔뜩 보고 마을버스에 오른다. 하교 시간과 겹쳐 학생들로 만원이다. 기사님은 뭐가 급한지 버스를 거칠게 몬다. 난폭 운전에 모두 이리저리 흔들리는데도 승객들은 불평 하나 없다. 운전 좀 얌전히 하라고 소리치고 싶은 걸 버스 기사가 내리라고 할까 봐 참는다. 급정거와 급출발을 할 때마다 내 배낭과 양손에 든 짐이 옆 사람을 밀고 찌른다. 미안함에 괜히 짐을 단속하는 척한다. 그럴수록 장바구니에서 삐져나온 대파 냄새가 진동한다. 교복 입은 학생들이 나를 힐긋거린다. 나도 어릴 땐 아주머니를 이해하지 못했다. 짐이 많으면 택시를 타지, 아득바득 아낀다고 뭐가 달라지나 나는 저러지 말아야지, 하고 생각했다. 아주머니가 되고 보니 맹장이 터져도 버스 환승을 해서 병원에 갈 것 같다.

다음이 내릴 정거장이라 하차 문 쪽으로 이동한다. 역시 내 배낭과 장바구니가 여러 사람을 밀고 찔러 눈초리를 받는다. 문 앞에 가는 일에만 신경 쓰다가 벨 누르는 것을 까먹는다. 내려야 할 정거장이 지나가는 게 보여 다급히 외친다. "아저씨, 잠깐만요!" 버스는 또 급정거한다. "벨을 눌러야죠, 벨을!" 짜증이 잔뜩 난 기사의 목소리가 들린다. 내가 내리려고 문간에 서 있는 걸 뻔히 봤을 텐데 내릴 거냐고 물어봤어야 하지 않나, 내리거나 타는 사람이 없더라도 무정차는 위반 아닌가. 기사의 심술이 여간 고약한 게 아니다. 내리면서 운전 좀 똑바로 하라고 소리치고 싶은 걸 용기가 안 나 포기한다. 난폭 운전으로 신고하려고 차량 번호를 외웠는데 네 자리 숫자가 헷갈린다. 가까스로 떠올리고 보니 남편의 차 번호다.

남편에게 이야기할까 하다가 그만둔다. 그러게 왜 벨을 안 누르냐, 버스 기사가 얼마나 정신이 없는지 아느냐, 어떤 놈이냐며 치러 나가거나(가능성 희박함) 할 답변 세 가지가 전부 성질이 나고 머리 아프다.

버스 기사가 괘씸해서 버스를 안 타고 다닐 방법을 궁리한다. 장을 덜 보고 걸어 다니는 방법, 장바구니 카트를 끌고 다니는 방법, 몇만 원어치 이상 사면 배달해 주는 마트를 이용하는 방법 등을 떠올리지만 성에 안 찬다. 결국 버스 기사에게 안전 운전에 대해 훈계하고 사과받는 상상에 이르러서야 속이 시원해진다.

*

세진의 집에 깜짝 방문하기로 한다. 어제의 전화 통화에서 오늘은 별일 없이 집에 머물 거라고 했다. 세진이 좋아하는 떡볶이와 56번가 카페의 라테까지 포장한다. 벨을 누르는데 답이 없다. 반려견과 산책하러 갔나? 미미가 인기척을 느꼈는지 안에서 낑낑대며 문을 긁는 소리가 들린다. 사촌 언니네 갔나? 언니네 갈 때는 미미를 데리고 가는데? 계단을 내려간다. 혹시, 하는 생각에 세진네 아래층에 산다는 태극기 여인의 집 문에 귀를 대본다. 이 집 역시 절간처럼 고요하다. 전화해 볼까 하다가 혹시 둘이 같이 있을까 봐(그럴 수도 있는 거니까), 그냥 돌아가기로 한다.

세진의 빌라에서 나오는데 보고 싶지 않은 장면을 목격한다. 웬일인지 잔뜩 꾸민 세진과 또 입술을 시뻘겋게 바른 태극기 여인이 양손에 쇼핑백을 잔뜩 든 채 골목 끝에 나타난다. 샛길이라도 있었으면 피했을 텐데 쥐구멍조차 없어서 그 둘과 마주하고 만다. 세진은 놀라며 혹시 우리 집에 왔던 거냐고 묻는다. 나는 아니라고, 근처의 다른 친구네 가는 길이라고 둘러댄다. 세진이가 "친구 누구?" 날카롭게 묻고 나는 "있어…"라고 얼버무린다. 옆에 있던 태극기 여인이 눈인사로 아는 체를 하더니 친근하게 말을 붙인다.

"우리 백화점에 다녀오는 길이에요. 지금 엄청난 세일 중이거든요. 그런데 백화점을 싫어한다면서요?"

태극기 여인이 나불대자 세진은 순간 당황한다. "네." (맞는 말이다. 세진이 백화점에 가자고 여러 번 청했지만 거절했다.)

"약간의 폐소공포증도 있고 환기도 잘 안되는데다 환경호르몬도 심각… 아니, 저 같은 가난뱅이가 무슨 백화점에 가겠어요?"

마지막 말은 하지 말았어야 했는데. 농담이었는데 어쩐지 비꼬는 게 확실한 말투가 되어버렸다. 세진과 태극기 여인의 표정이 어찌할 바를 몰라 굳어간다. 뒤늦게 몰려오는 미안함과 수치심에 "농담이에요" 하고 웃지만, 한여름인데도 오싹한 기운이 느껴진다. 태극기 여인이 어색해진 분위기를 무마하려 재빨리 말을 꺼낸다.

"백령도 최고급 꽃게를 샀어요. 바로 찔 건데, 우리 집 가서 같이 먹어요."

"어떡하죠. 보시다시피 선약이 있어서."

떡볶이와 라테 봉지를 들어 보인다. "그리고 저도 엊그제 꽃게를 먹었답니다. 인터넷 최저가이긴 하지만." 마지막 말은 (또) 하지 말았어야 했는데. 세진의 얼굴이 하얗게 질린다. 지금 내 표정은 상상하고 싶지도 않다.

집에 와서 떡볶이와 미지근한 라테를 먹는다. 난데없이 다 불어 터진 떡볶이를 저녁으로 먹게 된 아이의 건성건성 젓가락질에 화가 난다. 어째서인지 문서 작업보다 유튜브 시청이 주 용도가 돼버린 노트북 화면에선 드라마 도깨비의 한 장면이 나온다.

"파국이다!"

퇴근한 남편이 냉동실의 꽃게를 보더니 이대로 두면 속이 말라버리는데 빨리 먹어야 하지 않느냐고 묻는다. 나는 깜빡했다고, 꽃게 라면을 끓여오면 같이 먹어 주겠다고 말한다. 무려 튼실한 꽃게가 두 마리나 들어간 라면이 완성된다. 이렇게 쓸쓸한 라면 냄새는 처음 맡아본다.

*

글이 안 써져서 밖으로 나간다. 호수가 있는 공원

을 하염없이 걷는다. 허벅지가 터질 듯 단단해지고 발바닥에서 불이 나는 듯하다. 아르바이트 경험담보다 내 못남에 대해 글을 쓴다면 책 한 권이 금방 나오지 않을까 생각한다. 굳이 어린 시절이 아니더라도 최근 몇 년의 지질함과 흑역사만 모아도 백과사전 분량을 능가할지 모른다. 청소년 수련관 앞에 걸린 국기를 보니 내 소매 끝을 붙들던 태극기 여인이 생각난다. 비싼 꽃게를 같이 먹자고 하다니, 어쩌면 좋은 사람일지도 모른다고 생각한다. 질투에 눈이 멀어 무작정 미워하고 있을 뿐.

오랜만에 출판사 대표에게서 전화가 온다.

"글은 잘 쓰고 계시죠?"

"아니요. 정말 구려서 눈 뜨고 못 봐줄 지경이에요."

내가 농담이라도 하는 줄 아는 듯 대표가 킥킥거리며 웃는다.

"혹시 초고를 넘기기로 한 팔월까지 다 못 쓰면 어떻게 해요?"

"그럼 구월까지 쓰시면 돼요."

의외의 대답에 웃음이 빵 터진다.

"혹시 친구의 새 친구를 질투하는 마흔이 넘은 여자의 이야기는 어떨까요?"

대표에게 묻는다.

"사춘기 소녀가 아니고 사십 대가요? 너무 철없어 보이지 않을까요?"

때로는 내 이야기를 남의 입을 통해 들을 때 진실을 깨닫는다. 해가 지도록 공원을 뱅뱅 돈다.

*

몽둥이로 맞은 듯 온몸이 욱신거리고 뼈마디가 시큰하다. 머리가 지끈거리고 온몸이 뜨겁다. 나 아파, 하고 남편에게 메시지를 보내자 날아온 답장, '병원에 가 봐.' 아아, 그렇구나. 아프면 병원에 가야 하는구나. 내가 그걸 몰랐네. 어디가 어떻게 아프냐고 다정하게 물어주길 기대한 내가 바보다. 그나마 딸내미가 해열제를 먹었냐고 물어봐 줘서 마음의 위안을 얻는다. 그러나 아들이 결정타를 날린다.

"그럼 내 밥은 누가 해줘?"

분위기 파악을 못 하는 건 이 집안 남자들의 유전일까. 당신들 아플 때 내가 똑같이 해주겠어, 특히 아들 녀석이 여자 친구에게 타이레놀이라도 사다 나르는 걸 목격한다면 가만두지 않겠다고 다짐한다. 그러나 곧바로 엄마나 부인으로서 올바르지 못하다는 생각이 들어 아플수록 정신을 똑바로 차리자고 생각한다. 점점 오르는 열을 느끼며 잠이 든다.

*

지독한 몸살에 걸린다. 목이 붓기 시작하더니 기침, 두통, 고열까지 뭐 하나 빠지지 않는다. 자리에 앓아눕는 것 말고는 할 수 있는 일이 없다. 잠결에 전화벨이 들려 핸드폰을 엎어 놓지만, 끊임없이 울려 간신히 받는다. 주은이 엄마다. 밥 먹으러 오라고 전화했다는데, 내 목소리를 듣고는 무슨 일이냐며 놀란다. 아프다는 내 말에 뭐라고 답을 들었는지도 모르겠다. 다시 금방 잠에 빠져든다. 얼마 후 초인종 소리에 눈이 떠진다. 일어날 수 없어 무시하는데도 계속 울린다. 어떤 인간이야 하고 문을 열었더니 또 주은이 엄마다. 아프다는데 굳이 왜 온 거지, 짜증이 치민다. 끼니도 못 챙기고 있을 것 같아서 국이랑 반찬 몇 가지를 담아 왔다며 쇼핑백을 내민다. 쇼핑백이 들어온 문틈으로 짜증이 빠져나간다. 주은이 엄마가 나를 밀고 집으로 들어와 당황한다. 내가 수다 떨 상태가 아니라고 말하고 싶지만, 쇼핑백이 묵직해 입을 다문다. 커피라도 내오겠다는 말에 주은 엄마는 자기가 한다며 나를 눕힌다(빨리 가주는 게 나를 위한 일이 아닐까. 저렇게 눈치가 없는 사람이었나). 말리고 싶지만 눈이 감기고 몸이 말을 안 들어 일어나지 못한다. 물 쓰는 소리, 그릇이 달그락거리는 소리가 들린다. 주은 엄마가 설거지라도 하는 걸까. 그릇이 쌓여 있을 텐데 창피해서 어떡하지, 놔두라고 말해야 하는데… 생각은 그러면서도 부엌에서 들려오는 소리에 마음이 편안해진다. 얼마 후 쿵, 작은 소리에 잠이 깬다. 주은 엄마가 내 앞에 상을 내려놓는다. 상 위 그릇에서 김이 모락모락 피어오른다.

"미역국에 밥 말아서 푹 끓였어. 소화가 잘될 거야. 이따가 애들 먹을 밥도 해 놓았고."

죽을 싹 비워낸다. 주은 엄마는 내가 감기약을 입에 털어 넣는 것까지 본다. 나는 너무 고마워서 고맙다는 말을 못 한다. 대신 그만 가보라고 말한다. 주은 엄마는 뭔가 할 말이 있는 듯 주뼛거린다.

"너를 위해 기도하고 가도 되니?"

외동딸 이름의 뜻이 '주의 은혜'일 정도로 주은이 엄마는 열성적인 기독교 신자다. 나는 예전부터 코스비 가족과 엘에이 아리랑과 동물 농장을 봐야 하는 사람이라 교회에는 못 나간다고 못 박았다. 주은 엄마는 틈만 나면 전도를 시도하고, 나는 한 번만 더 하면 바로 이슬람 성전에 가겠다는 말로 철벽을 쳤다. 그러나 먹을 것도 가져다주고 밥도 차려 준 사람의 성의가 고마워서 눈을 감는다. 왠지 울컥한 주은 엄마의 숨소리가 들린다. 주은 엄마는 이불 속에서 내 손을 꺼내 잡고 하나님 아버지로 시작하는 기도를 한다. 기도의 내용은 들리지 않는다. 나도 속으로 기도한다.

'하나님, 오늘 주은 엄마를 제게 보내주셔서 감사합니다. 주은이네와 우리 가족 모두 건강하게 해주세요(일단 나부터).'

뭐가 그렇게 할 말이 많은지 주은 엄마의 기도는 끝나지 않는다. 손가락을 꼼지락거려 주은 엄마를 깨우고 타이밍을 맞춰 함께 "아멘"이라고 말한다. 주은 엄마의 눈이 눈물로 그렁그렁한 걸 보고 기겁한다.

"네가 기도를 허락할 줄 몰랐어. 아멘까지 같이 해줘서 고마워."

주은 엄마가 눈물을 닦는다. 왜 이래, 진짜. 누가

보면 부흥회에서 지팡이라도 던지고 일어선 줄 알겠어.

주은 엄마가 기쁜 표정으로 돌아간다. 다음에 만나면 기도하다 울었다고 놀려줘야지. 어쩌면 종교는 좋은 것일지 모른다고 생각한다. 몸살 기운도 많이 가신 느낌이다. 이것은 주은 엄마의 미역국 덕인가, 하나님의 은혜 덕인가. 무엇이든 간에 감사하다.

*

나아지던 몸 상태가 다시 나빠진다. 목에 테니스공이 얹힌 듯 침을 삼키기가 고통스럽다. 병원에 가기로 한다. 자는 남편의 어깨를 살살 흔들어 본다. 입을 벌린 채 코 골며 자는 남편은 미동도 없다. 피곤할 텐데 자게 놔두자. 혼자 집을 나선다. 56번가 사거리의 이비인후과까지 걸어간다. 버스를 탈 걸 그랬다. 어지럽고 힘들다.

병원 안은 사람들로 인산인해. 누군가 일어난 소파 자리에 얼른 앉는다. 접수하고 보니 내 앞으로 대기자가 족히 스무 명은 넘는 듯하다. 이게 다 얼마야.

나는 아픈 와중에도 손님 수를 돈으로 헤아리는 속물적인 근성을 부린다. 나도 이비인후과 의사나 될걸 그랬나 하는 허무맹랑한 생각, 우리 애들을 의대에 보낼 걸, 하는 더 헛된 상상을 하는 찰나 누군가 내 옆에 앉는 인기척에 정신이 든다. 무심코 옆 사람을 보고 놀란다. 모자를 푹 눌러 쓴데다 화장기 하나 없는 얼굴이라 처음에는 못 알아본다. 나를 보고 반색하기에 자세히 보니 태극기 여인이다. 나도 모르게 검은 입술에 시선이 간다. 감추려고 입술을 빨갛게 바르고 다녔던 거구나. 놀란 나의 시선을 들켰을까봐 미안해진다.

의외로 태극기 여인은 나를 반가워한다. "열이 있나 봐요. 얼굴이 발갛네" 하면서 자기 손을 내 이마에 가져다 댄다. 나는 하마터면 왜 이러세요, 하고 손을 칠 뻔했다. 태극기 여인은 가방을 뒤적이더니 얇은 패드를 꺼낸다. 애들이 열날 때 이마에 붙여주던 냉각 시트다. '왜 이걸 아직도?' 하는 내 눈빛에 태극기 여인은 "우린 아직 어리잖아요"라는 생뚱맞은 답을 한다. 비닐을 벗겨 내더니 차가운 시트를 내 이마에 붙인다. 나는 당황스러우면서도 어쩐지 물리치지 못한다. 가까이 다가온 미진 씨의 냄새가 내 이마에 물수건을 올리던 할머니를 떠올리게 한다.

"대기하는 동안이라도 붙이고 있으면 좀 나을 거에요. 열이 많이 나서 힘들겠네."

괜히 눈물이 핑 돈다. 태극기 여인도 세진처럼 말을 따뜻하게 하는 사람인가 보다.

그런데 미미 아니 미진 씨는 어쩐 일로? 다정한 손길의 답례로 나도 안부를 묻는다.

"알레르기가 있어요. 꽃이 만개하는 이 계절에 저만 혼자 눈물을 흘린답니다. 혹시 제가 밉거든 꽃다발을 선물하시면 돼요."

미진 씨는 즐겨하는 농담인 듯 혼자 웃는다. 나는 속내를 들킨 듯 찔려서 웃지 못한다(순간적으로 백합꽃다발을 미진 씨에게 안기는 장면을 상상하다 얼른 거둔다).

차례가 되어 진료실에 들어간다. 의사가 내 이마를 흘깃 보더니 웃는다. "열이 많이 났나 보네요. 잘하셨어요." 처치를 받고 나온다. 뒤이어 진료실에 들어가는 미진 씨에게 눈인사하고 헤어진다.

집에 도착한다. 약을 먹고 침대에 눕는다. 내 인기척에 남편이 눈도 못 뜨고 어디에 다녀왔냐고 묻는다.

"지옥인 줄 알았는데 천국."

"무슨 소리야."

커튼을 걷지 않아 어두운 방에서 남편이 손을 더듬어 내 이마를 짚는다.

"앗, 차가워. 이건 뭐야."

남편이 냉각 시트를 만지며 묻는다.

"천국으로 가는 티켓."

남편이 얘가 미쳤나 하는 듯이 움찔하다가 이불을 덮어 준다. 곧바로 잠이 든다.

*

전화벨이 울려 잠이 깬다. "아프다며?" 세진이다. 걱정이 잔뜩 묻어있는 목소리에 안심도 되고 괜스레 눈물도 난다.

"어떻게 알았어?"

"어떻게 알긴, 미진에게 들었지. 밥은 먹었고? 내가 지금 갈까?"

"아냐. 남편이 밥도 다 해놓고 출근했어. 필요하면 내가 전화할게."

"미진이가 네 안색이 안 좋다고 걱정 많이 하더라. 그럼 일단 자고 일어나면 꼭 전화해."

세진의 말에 답을 했던가, 안 했던가. 약 기운에 정
신이 몽롱해져 기억이 안 난다.

*

푹 자고 일어났더니 몸의 상태가 나아졌다. 학교에
서 돌아온 아이가 집 앞에 쇼핑백이 있더라며 들고
들어온다. 가방 안에는 반찬과 국이 든 통이 여럿이
다. 세진에게 전화한다.

"언제 또 이런 걸 놓고 갔어."

"이제 일어난 거야? 몸은 괜찮고? 그 안에 황태 미
역국은 미진이가 너 준다고 일부러 끓인 거야. 무생
채랑 멸치볶음도 미진이 솜씨고. 얼른 차려서 애들이
랑 저녁 먹고, 또 필요한 거 있으면 전화해."

친구들의 도움으로 저녁을 먹는다. 남편은 부인이
아프니 풍성해진 식탁에 어쩐지 신이 난 듯 보인다.
"다시 태어나라고 다들 미역국을 갖다주는 거야?" 저
것도 농담이라고. 재미도 없고 감동도 없다. 진한 황
태 미역국과 견과류가 잔뜩 든 멸치볶음이 별미다.
세진이 말대로 미진 씨 요리 솜씨가 일품이다. 어쩌

면 친구가 하나 더 생겼을지도 모른다는 생각이 든다. 반찬 때문에 그러는 건 아니고.

*

살아난 듯하다. 몸이 가뿐하다. 오늘은 글을 많이 써야겠다. 거실에 놓은 6인용 식탁의 한 모서리가 내 자리다. 오랜만에 앉아보니 감회가 새롭기는커녕 더러워 죽겠다. 단 며칠 동안 자리를 비웠을 뿐인데 눈 닿는 데마다 먼지가 뽀얗게 앉아있다. 먼지처럼 돈이 자동으로 쌓였으면, 글이 술술 써졌으면 하는 헛된 상상을 한다. 집안의 창을 전부 열고 잡동사니들을 솎아낸다. 바닥을 청소하고 쓰레기를 내다 놓는다. 이불도 모조리 세탁한다. 안 하던 집안일을 갑자기 하니 진땀이 흐른다. 이러다 또 병이 도지는 거 아닌가 걱정하면서도 기운이 뻗친 김에 냉장고 속도 닦는다(깊은 곳에서 낯선 반찬통 하나를 꺼낸다. 시커먼 간장 달걀 화석에 뒤로 자빠질 뻔했다). 탈진할 듯이 땀이 줄줄 흐른다.

남편으로부터 전화가 온다. 회사에 있을 시간에 무

슨 일이지? 설마 아픈 내가 걱정돼서? 역시나 그럴 리가 없다. 남편은 자기도 몸이 아파 조퇴하고 있다며 어느 병원에 가야 하냐고 묻는다.

"어디긴, 우리가 가는 이비인후과가 한 군데밖에 더 있어?"

"그러니까, 그게 어딘데?"

아파서 짜증을 부리는 건가, 속에서 욕이 올라오는 것을 참는다.

"56번가 사거리 큰 건물에 있는 이비인후과!"

"약국 위에 있는 병원?"

"아니, 거기는 정형외과고, 1층에 빵집이 있는 건물!"

"그런 데가 있다고?"

이 사람이 왜 이러는지 모르겠다.

찾는 물건도 늘 두던 자리에 있다고 말하면 그게 어딘데? 라고 어깃장을 놓거나, 약속에 대해 한참을 얘기해 놓고 자기는 전달을 못 받았다고 말한다. 일정을 잊을까 봐 몇 번이고 말하면 아는데 왜 자꾸 말하냐고 화내고, 말을 안 하면 왜 말을 안 했냐고 짜증 부린다. 도대체 어쩌라는 건지. 못 참고 화내면 자기는 머릿속에 회사 일밖에 없어서 신변잡기는 기억하지 못한다나. 어이가 없다. 잠시 후에 또 전화가 온다. "여기 3층에 있는 이비인후과 맞지?" 마치 처음와 본 사람처럼 군다. 무서워 죽겠다.

병원에 다녀왔다는 남편은 아프다며 누워서 온갖 심부름을 시킨다. 나도 환자라고 우기지만, 당신 감기에 비할 데가 아니라는 말로 부아를 돋운다. 내가 아파 누워있을 때 이 사람이 뭘 해줬더라? 나도 똑같이 하고 싶지만, 정신 연령이 높은 내가 원만한 부부 생활을 위해 참기로 한다.

*

에어컨 바람이나 쐬고 가려고 마트에 들렀는데 반짝 세일을 하는 바람에 이것저것을 잔뜩 사고 만다. 난폭 운전하는 기사도 싫고 교통비도 아낄 겸 걸어 다녔는데, 오늘처럼 짐이 많은 날에는 하는 수 없이 버스에 기대야 한다. 오늘 또 운전을 험하게 하는 기사를 만난다면, 제대로 한마디 하리라 각오한다. 대로에 나섰더니 저 멀리 내가 타려는 마을버스가 보인다. 정류장에 빨리 가면 탈 수 있다. 내 앞에 노인들이 느린 걸음으로 길을 막고 있다. 할머니는 지팡이를 짚었고 할아버지는 행여 할머니가 넘어질까 봐 옆에서 주춤주춤 따라 걷는다. 정류장에 빨리 가야 하는 내 마음이 타는 줄도 모르고 두 분은 하세월이다. 할머니가 잠시 걸음을 멈춘 틈을 타 두 사람 사이를 지나간다. 얼른 버스 정류장에 줄에 선다.

마을버스가 도착한다. 할아버지 할머니도 버스를 탈 생각인지 정류장 앞에서 걸음을 멈춘다. 줄이 길어 맨 뒤로 가는 데도 한참 걸릴 것이다. 두 분이 걸음을 옮기려고 하자 맨 앞에 있는 아저씨가 할머니 할아버지를 붙든다.

"버스 타실 거면 먼저 타세요."

아무도 이의를 제기하지 않는다. 지팡이 짚은 할머니가 마을버스의 높은 계단에 오르는 걸 조마조마한 마음으로 지켜본다. 뒤로 넘어질까 봐 할아버지가 할머니의 엉덩이를 손으로 받치지만, 할머니가 넘어지면 할아버지까지 뒤로 넘어갈 모양새라 더 불안해진다. 할머니가 무사히 버스에 오른다. 서울 버스의 일분은 거의 십 분 느낌이다. 재촉하지 않고 기다려준 버스 기사에게 고마움을 느낀다(내가 이용하지 않음으로 마을버스 회사를 망하게 하겠다는 계획을 철회한다). 사람들이 모두 버스에 타고 나도 오른다. 지팡이를 든 할머니는 좌석에 앉아있고 할아버지는 호위

무사처럼 할머니 앞에 서 있다. 모든 게 안심된다.

나도 손잡이를 잡고 선다. 나 다음으로 젊은 아빠가 서너 살쯤 된 아기를 안고 버스에 오른다. 반대쪽 어깨에는 어린이집 배낭과 이불이 든 가방까지 메고 있다. 아빠가 젊으니 가방과 아이쯤이야, 라고 생각하지만 그래도 누군가 자리를 양보해 주면 좋겠다고 생각한다. 어디 빈자리가 없을까, 하고 뒤를 돌아보았을 때 사람들의 눈빛에 살짝 감동한다. 아기가 얼른 앉아야 하는데, 하는 눈빛들이다. 동시에 서너 명이 엉거주춤 엉덩이를 들었고 아기는 가까운 곳에 앉는다. 세상이 삭막하다, 각박하다 해도 아직은 좋은 사람이 많다.

*

56번가 카페에서 세진과 만난다. 카페 사장님이 왜 이렇게 오랜만이냐고 눈빛으로 묻는다. 그동안 좀 아팠다고 나도 눈빛으로 답한다. 따뜻한 라테를 주문한다. 얼마 만에 마시는 라테인지, 감격스러워 눈물이 날 지경이다. 세진에게 미진 씨는 왜 같이 안 왔나고 묻는다. 세진이가 "정말? 미진이도 부를 걸 그랬나?" 하며 놀란다. "같이 만나면 좋지" 하는 내 대답에 세진의 눈가가 촉촉해진 듯하다. 내가 미진 씨를 질투하는 걸 세진도 알고 있었나, 하고 부끄러워진다. 나의 못남을 들킨 것 같아 민망하고, 또 알게 모르게 마음고생했을 세진에게 미안해진다. 세진은 네가 미진을 싫어하는 듯해서 고민했다고, 미진이도 너만큼 좋은 사람이라고 덧붙인다. "싫어하기는 뭘 싫어해. 친구는 많을수록 좋지." 뻔뻔하게 말한다.

"그런데 세진아, 나 궁금한 게 있어. 미진 씨 입술은 왜 검은 거야? 저번에 병원에서 봤어."

남의 개인사인 줄 알면서도 세진에게 묻는다.

"나도 혹시 피해야 할 음식이라도 있나 싶어서… 아니, 솔직히 말하면 나도 궁금해서 물어봤어. 무슨 병을 앓았던 거냐고, 아니면 다친 거냐고. 어렸을 때 미친개에게 물렸다 하고 다른 말은 안 하더라고. 그래서 나도 그 이상은 안 물어봤어. 개에게 물려 입술이 까맣게 됐을 정도면 떠올리기 싫겠지. 나처럼 무례하게 물은 사람도 많았을 거고."

나도 괜히 미안해진다.

내가 아플 때 가져다준 음식에 대한 보답으로 미진

씨에게 밥을 사기로 한다. 세진은 너무 기쁘다며 좋은 식당에 가자고 한다. 좋은 식당이라는 말에 살짝 떨리지만, 세진과 나의 새 친구 미진에게는 아깝지 않다고 생각한다.

*

얼마 전에 본 〈세계테마기행〉 속 장면이 잊히지 않는다. 네팔의 어느 오지마을 아이들이 학교에 가려고 강가로 모여든다. 폭이 오십 미터는 넘어 보이는 거친 강물 위에 쇠줄이 걸려 있다. 아이들은 스스로 자기 몸을 동아줄에 묶고 쇠줄에 걸어, 손으로 줄을 당겨 흙탕물 강을 건넌다. 티브이에서 특전사 훈련이나 계곡에 고립된 사람을 구할 때나 보던 장면이다. 초등학생으로 보이는 여자아이가 강을 건넌다. 어머니는 두 손을 모은 채 불안한 눈빛으로 아이를 지켜본다. 아이가 처음에는 무서웠지만, 이제는 괜찮다고 말간 눈빛으로 말한다. 나는 안 괜찮다. 보는 것만으로도 불안하고 두렵다. 내 아이가 목숨 걸고 강 건너는 모습을 보느니 학교에 안 보낼 것이다. 아이가 실수라도 하는 날엔, 줄이 풀어지거나 끊어지기라도 한다면, 사나운 강물에 휩쓸려 사라져버릴 것이다. 오금이 저린다. 어떤 스릴러 영화보다 소름 돋는다.

목숨 걸고 강을 건널 만큼 학교가 중요할까? 의미가 있다 하더라도 내 아이를 절대로 보내지 않을 것이다. 공부 좀 안 하면 어때, 세상에 안 나가면 어때, 강 건너다 죽을지도 모르는데. 안전하게 집에 있자, 아이야. 그러나 아이가 말한다.

"그렇게라도 학교에 갈 수 있어서 행복해요."

나는 강물 앞 엄마의 심정이 되어 고개를 젓다가, 세상에 나가고 싶은 아이를 떠올리고는 울컥한다. 내가 로또에 당첨되거나 세계적으로 유명한 작가가 되어 네팔의 오지마을에 콘크리트 다리를 놓아주는 공상을 한다. 마을 지도자로부터 훈장을 받거나 광장 한가운데에 내 동상이 생길지도 모르겠다.

*

세진, 미진 씨와 저녁을 먹기로 한 날이다. 나가려는데 첫째가 묻는다.

"밥은? 우리 뭐 먹어?"

나는 냄비를 가리키며 김치찌개도 있고 빵이랑 바나나도 사놓았다고 말한다. 아이는 뭐가 마음에 안 드는지 뾰로통하게 라면이나 끓여 먹어야겠다고 말한다. 갑자기 제 방에서 뛰어나온 둘째도 엄마가 밥을 안 차려주니 굶어야겠단다. 나는 나가려다 말고 누워있는 남편에게 당신 저녁은 어떻게 할 거냐고 묻는다.

"난 생각 없어."

남편이 고개도 안 들고 말한다. 아니, 당신이 뭐 먹을지를 묻는 게 아니라 당신이 애들한테 저녁을 차려줄 수 있는지를 돌려서 물은 건데. 밥 생각 없다는 남편의 뒤통수가 저녁에 밥 안 주고 어딜 나가냐는 힐난으로 들려 열받는다.

"아빠는 약속 있으면 말도 안 하고 나가는데 엄마는 왜 눈치 봐야 해? 내가 식모야?"

마침 눈이 마주친 딸내미에게 큰 소리로 따진다. 난데없이 날벼락을 맞은 둘째는 듣고 보니 정말 이상하다고, 뭔가 잘못됐다고 눈치 있게 말한다. 고함을 들은 남편이 몸을 반쯤 일으킨다. "저녁은 내가 차릴게. 걱정하지 말고 놀다 와." 나는 굶든 돌을 갈아먹든 맘대로 하라고 소리치고 애꿎은 문만 쾅 닫고 나간다.

　뭐가 잘못된 건지 곰곰이 생각한다. 엄마는 밥 차리는 사람이라는 고리타분한 관념이 늙은 남편도 아니고 어린 애들의 머릿속에도 박혀있다니. 습관을 잘못 들인 내 탓이다. 그러나 일정이 바빠 종일 굶었다는 첫째도 짠하고, 힘들어서 엄마 밥 먹으려고 일찍 들어왔다는 둘째의 말도 마음에 걸린다(남편이야 굶든 말든 모르겠고). 또 내가 소리를 지르고 나왔으니 집안의 분위기는 얼마나 냉랭할까. 결국 마음이 약해져 배달 앱을 열어 아이들이 좋아하는 음식을 검색한다. "찜닭 주문. 30분 후 도착이래." 가족 채팅방에 보낸다. 아이들은 웃음 이모티콘을 보내고 남편은 "야호!"라고 쓴다. 저 인간이 제일 얄밉다.

　밤에 돌아와서 아이들에게 음식 맛이 어땠냐고 묻는다. 맛있었다는 답을 듣고야 마음이 놓인다. 이러지 말아야 하는데, 엄마도 약속이 있으면 밥 같은 거는 잊고 나가는 사람이라는 걸 알려줘야 하는데, 또 한 번 내가 나를 묶는다. 냉장고를 열었더니 접시에 담긴 찜닭이 보인다. 자리에 없는 사람의 몫을 덜어 놓는 것은 남편의 특기다.

*

    세진은 의심도 많으면서 미신은 철석같이 믿는다. 세진의 이름을 빨간색으로 썼다가 나를 죽일 작정이냐고 등짝을 맞거나 다리 떨면 복 나간다며 꼬집히는 건 애교다. 인터넷에 떠도는 음모론이나 가짜 뉴스를 거름망 하나 없이 믿는다. 주택 복권 때부터 지금의 로또까지 모든 복권 추첨은 조작이고 모든 사건 사고의 배경에는 미국이 있으며 우리는 매트릭스에 갇혀 있다고 말한다. "세진아, 너 인터넷 가짜 뉴스에 중독된 것 같아" 했더니 티브이의 정식 프로그램에서 본 이야기라는 것이다. 흠…. "집의 케이블 채널이 몇 개나 돼?" "삼백 개는 넘을 걸?" 아….

    나는 하도 오랫동안 들어와서 그냥 그러려니 하는데, 미진이는 세진의 허무맹랑한 소리를 그냥 넘기지 않는다. 미진은 세진에게 방송이라고 다 사실은 아니다, 뉴스처럼 보이는 가짜 영상을 만들기가 쉽다, 여태 큰 사기 안 당하고 산 걸 복으로 여겨라, 하며 조곤조곤 따진다. 세진은 "진짜인데. 티브이에서 봤는데" 하다가 미진의 끈질긴 설명에 기어이 "아닌가?" 하며 꼬리를 내리고 마는 것이다. 세진이 내게 잔소리하는 경향이 있어 가끔 신경질이 났는데, 미진에게 맥없이 당하는 모습을 보니 왜 이렇게 웃음이 나는지. 세진을 태극기 여인에 뺏기네, 마네 질투하고 가슴 졸였던 것이 한낮의 꿈처럼 아득하게 느껴진다. 이럴 줄 알았으면 더 일찍 미진과 친해지는 건데.

미진은 또 세진의 술주정에 대해서도 나 보란 듯이 이른다. 평소에는 꽃과 개를 좋아하는 얌전한 사람이 술만 들어가면 개가 되고 꽃을 토하냐고, 우리 나이에 있을 수 없는 일이라고 말한다. 미진이 갑자기 나에게 "너도 그래?" 하고 묻기에 고개를 세차게 흔들며 술주정뱅이와는 선을 긋는다. 세진이 얼굴이 벌게져서는 "요다같이 바로 배신하는 거야?" 하며 내게 눈을 흘긴다. 미진이 바로 윽박지른다.

"요다가 아니고 유다!"

나는 미진이가 좋다.

*

세탁기가 이상하다는 아이의 말에 벌떡 일어난다. 고장이란 말을 싫어하는데 특히 가전 고장이 제일 싫다. 간단한 수리를 위해 as 기사를 부르기만 해도 큰 돈이 들기 때문이다. 세탁기가 있는 화장실로 달려 간다('달려간다'라고 쓰니 집이 넓은 것 같지만, 안방 문을 열면 화장실이다). 조마조마한 마음으로 화장실 문을 연다. 세탁기가 제자리를 벗어나 움직여 변기 까지 내려가 있다. 다행히 작동에는 이상이 없는 것 같다. "고장은 아니고 사춘기라서 잠깐 일탈한 것 같 아." 내 농담에 아이가 피식 웃는다. "사춘기에는 매 가 답인데." 이 농담에는 사춘기 아이의 표정이 싸늘 해진다. 조금 전의 말을 후회하며 세탁기를 살살 밀 어 원래 자리로 옮긴다.

헤아려보니 세탁기를 산 지 팔 년이나 됐다. 당장 작동이 멈춘다고 해도 이상하지 않을 세월이다. 여태 가만히 있다가 이제 움직이기 시작했으니 오래 참았 다 싶기도 하다. 몸은 다른 일을 하면서 귀는 화장실 에 가 있다. 탈수하는 소리가 유난히 크게 들린다는 착각이 들지만, 점차 사실로 판명된다. 지진이 나거 나 드릴로 벽을 뚫는 듯한 소리가 난다. 세탁기가 온 몸을 떨며 화장실 안을 방황하는 것을 망연자실하게 지켜본다. 정지 버튼을 누르고 세탁기가 진정하기를 기다렸다가 다시 제자리로 밀어 넣는다. 제발 다른 할부가 끝날 때까지 딱 일 년만 더 참아주면 안 되겠니, 간절한 마음으로 다시 시작 버튼을 누른다.

나의 바람이 무색하게 세탁기가 또 슬금슬금 고개를 돌린다. 이젠 내가 보기도 싫으니? 그래, 고개를 돌려도 좋고 다리를 떨어도 좋다. 화장실 밖으로만 나가지 말아다오, 하고 사춘기를 맞은 세탁기에 부탁한다.

*

삼각관계에 빠진 듯한 엉뚱한 상상에 기분이 즐겁다. 나를 가운데에 두고 양쪽에 있는 사람은 아쉽게도 남자가 아니라 정육점이다. 최근에 새로 발견한 집만 다니다가 쉬는 날이길래 원래 다니던 A 정육점에 방문한다. 값은 조금 더 비싸도 확실히 맛있는 곳이라고 미영이 소개한 곳이다. A 정육점 사장님이 나를 보더니 너무 오랜만이라며 그동안 왜 안 왔냐고 묻는다. 생각지 못한 질문에 당황하여 입이 얼어붙는다. 채식 다이어트를 했다고 말하려다가 요요가 왔냐고 걱정할까 봐 애매한 웃음만 짓는다. 미영이네 아파트 단지 상가에 있는 이 정육점에는 진짜 사모님

같은 사람들이 한우를 몇십만 원씩 사고 있어서 내 거는 천천히 줘도 된다며 뒤로 빠져있고는 했다. 나를 기억하고 있을 줄은 몰랐다. 매번 이문도 안 남는 저렴한 고기만 사는 사람이라 기억 못하거나, 안 할 줄 알았다.

난데없는 환대에 우쭐해져서 삼겹살을 살까 하다가 그새 더 오른 값을 보고 단념한다. 원래 사던 돼지고기 뒷다리살을 소심하게 주문한다. 사장님은 고기를 포장하며 "앞으로는 저희 가게에도 자주 와 주세요"라고 말해 나를 감동하게 한다. 아, 이런 어떡하지. 나는 어느 정육점을 선택해야 할까. 삼각관계의 중심에 놓인 여자의 심정이 이런 것일까 상상하며 정육점 빨간 조명 아래에서 자아도취에 빠진다.

*

세탁기는 여전히 돌아다닌다. 처음에는 덜덜거리는 소리가 무서워 긴장했는데 지금은 그러려니 하다가 작동이 끝나면 제자리로 밀어 넣는다. 빨래를 꺼내는데 손이 찌릿하고 머리털이 쭈뼛 선다. 설마 감전인가? 아니겠지, 기분 탓이겠지 하며 모르는 척하기로 마음먹는다. 곤란한 일이 생겼을 때 해결에 집중하기보다 회피하는 성향이 또 발동한다. as 기사가 우리 집에 오는 일, 세탁기의 더러움, 수리비, 최악의 상황인 세탁기를 새로 사게 되는 일까지 다 피하고 싶다. 제발 감전이 아니길, 내일도 무사히 작동하기를 기도한다.

*

　기도가 하루를 못 간다. 한밤중에 남편이 곰이라도 본 듯 큰소리로 나를 부른다. 샤워하다가 세탁기에 살짝 닿았는데 전기가 도는 것 같다고, 당신은 낮에 아무 일도 없었냐고 묻는다. 아주 살짝 전기를 느낀 것도 같다며 얼버무리자 남편이 노발대발한다. 그걸 그냥 두면 어떡하냐고, 아이들이 다쳤으면 어쩔 뻔했냐고 동네가 떠나가도록 소리 지른다. 그제야 정신이 든다. 위험한 일이었구나, 기도한다고 될 일이 아니었구나. 남편이 절연 장갑을 찾아 끼고 세탁기 코드를 빼는 동안 대역죄인의 심정으로 화장실 문 앞에 두 손을 모으고 서 있다.

세탁기에 이별을 고한다. 우리 집에서 팔 년이나 일했던 세탁기에 대해서 생각한다. 땀이 많아서 옷을 자주 갈아입는 집이라 다른 집의 세탁기보다 몇 배로 고생했다. 특히 이사와서는 베란다가 없는 집이라 습도 높은 화장실에 자리 잡고, 식구들이 샤워할 때마다 물세례를 받았으니 전자 제품으로서 모욕감을 느꼈을 것이다. 오랫동안 수고해 주어 고맙다고 마지막 인사를 한다.

남편에게 언제 욕먹었냐는 듯이 세탁기 쇼핑 삼매경에 빠진다. 기능과 디자인에 놀라워하다가 가격을 보고 진정한다. 저렴하면서도 배송이 빨리 되는 제품으로 주문한다(무이자 십 개월은 필수).

*

세탁기는 사흘 후에나 배송된다고 한다. 그 흔한 빨래방이 우리 집에선 세 정거장이나 떨어져 있다는 사실이 믿기지 않는다. 온 식구가 아침저녁으로 샤워를 해대는 통에 수건이 남아나질 않는다. 하는 수 없이 손빨래를 해야 하는 절망적인 상황에 놓인다. 고무 대야에 빨랫감을 넣고 세제를 푼다. 뜨거운 물을 부어 거품을 낸다. 고작 수건 몇 개를 비벼 빨았을 뿐인데 팔이 떨어져 나갈 듯 후들거린다. 발로 밟아 빨래하는 방법으로 바꾼다. 남편이 보더니 고생 많다는 말 대신에 발은 씻었냐고 물어서 열받는다. 둘째는 발로 구르는 게 재미있어 보인다며 스트레스가 풀리냐고 묻는다. 그렇다고, 너도 해보라고 권했더니 자기는 스트레스가 없단다. 왠지 빨래를 밟는 발에 힘이 들어간다. 발을 조금 굴렀을 뿐인데 체온이 오르고 땀이 난다. 매일 이렇게 빨래하면 살이 빠질 것 같다. 따로 빼놓은 셔츠와 속옷은 손으로 빤다. 양말은 박박 문지르고 소맷단은 살살 문지른다. 잠시 쪼그려 있다가 일어났을 뿐인데 허리가 끊어질 듯하다. 빨래까지 비틀어 짰다가는 내가 탈수될 듯해서 뒷일은 남편에게 미루고 침대에 누워버린다.

첫째에게 뜨거운 찜질팩을 부탁해 허리에 끼고는 세탁기에 대해 생각한다. 전자 제품이 이렇게 힘든 일을 해주고 있었다. 냉장고, 전자레인지, 드라이어, 믹서기 등의 고마움을 생각하다 화장실에서 들려오는 끙끙대는 소리에 정신이 든다(남편이 빨래를 비틀어 짜고 있다). 무슨 일이건 나를 위해 말없이 해주는 남편이 별안간 애틋해져 눈물이 나오려 한다. 잠시 후 빨래방에 가지 왜 사람을 고생시키냐는 투덜거림에 앞 문장은 취소하기로 한다.

*

56번가 마트에 간다. 달걀과 두부, 콩나물 등 한국 밥상의 필수 재료와 우유와 요구르트 같은 간식도 집어 든다. 깜짝 할인이라는 돼지고기까지 담자 장바구니 무게에 몸이 휘청인다. 마지막에 담은 고기는 뺄까 하다가 할인 제품은 어깨가 부서지는 한이 있더라도 가져가기로 한다. 계산원이 바코드를 찍고 나는 장바구니에 담는다. 재활용 쇼핑 봉투까지 추가로 산다. 포인트를 적립하고 카드를 건넨다. 장바구니가 무거워서 키가 일 센티미터는 줄어든 듯하다. 버스 정류장으로 걸어가며 계산원에게서 받은 영수증을 눈으로 훑는다. 생각보다 금액이 적게 나왔더라니 내 느낌이 맞았다. 달걀이 안 찍혀 있다. 돈에 대해 치밀한 감각을 발휘하는 스스로에 놀란다. 일이 백 원도 아니고 팔천 원이면 큰 금액이다. 이런 건 말해줘야

지, 라고 생각하는 순간 버스가 승객도 없이 텅 빈 채
내 앞에 나타난다. 이 버스를 타면 무거운 짐을 내려
놓고 편히 자리에 앉아서 갈 수 있다. 나도 모르게 홀
린 듯 버스에 오른다. 계산 실수를 한 건 마트의 점원
이지 내가 아니다, 대형 마트이니 손실 충당금이 있
을 것이다. 얼굴이 좀 화끈거리지만, 양심 때문이 아
니라 더위 때문인 걸로 믿는다.

*

　세탁기 설치 기사로부터 전화가 온다. 내가 서둘
러 집에 가도 오후 네 시가 넘는다는 말에 "동선이 꼬
이는데… 더 빨리는 안 되는 건가요?" 하더니 한숨을
푹 쉰다. 나는 최대한 빨리 가겠다고, 죄송하다고 말
하고 전화를 끊는다. 생각해 보니 내가 사과할 일인
가 싶어서 부아가 치민다. 고객 센터에 민원을 넣을
까 하다가 내 집에 들어오는 사람과 얼굴을 붉히기
싫어서 참기로 한다. 성질이 났던 것과는 반대로 부
리나케 집으로 돌아온다. 네 시가 되기 한참 전에 도
착한다. 집에 왔다고 기사에게 전화한다. 빨리 와줘

서 감사하다는 말에 마음이 조금 풀린다. 곧바로 집 채만 한 탑차가 우리 집 앞에 선다. 큰 차에서 체구가 작은 아저씨와 앳된 총각이 내린다. 나는 기사에 왜 한숨을 쉬었냐고 항의하기는커녕 왜소한 두 사람이 어떻게 세탁기를 우리 집에 올릴지 걱정한다. 게다가 기사님은 허리에 복대를 하고 있다. 허리 통증을 느끼고 있는 게 분명하다. 나는 괜히 세탁기를 주문했나 하는 후회까지 든다. 내가 도울 일이 있을까 싶어서 서성이자 기사님이 옆에 빠져있으라고 한다.

걱정과는 달리 세탁기는 수월히 집으로 들어오고 설치도 금방 끝난다. 기사님이 세탁기 앞으로 와서 설명을 들으라기에 사양한다. 제일 싼 모델인 줄 뻔히 알 텐데 괜한 자격지심에 쿨한 척하는 것이다. 설명을 안 듣겠다는 내 말에 기사님이 발끈한다. "기존 세탁기도 관리 잘하셨는데 이 제품도 오래 쓰셔야죠. 금방 끝나니까 설명 들어보세요." 기사님의 책임감에 감동한다. 어쩌면 전화 통화의 불쾌함도 바람 소리가 좀 컸을 뿐 한숨이 아니었을 거라고 믿어진다.

기사님이 고객 만족도 조사 설문이 오면 9점도 말고 꼭 10점을 부탁한다고 말한다. 아이고, 그럼요, 당연하죠. '백 점 만점에 백 점'이라는 노래를 부를까 하다가 기사들 사이에 56번가 괴담으로 회자될까 봐 참기로 한다.

*

모르는 번호로 전화가 걸려 온다. 내 이름을 확인하는 질문에 순간 아니라고 답할까 하는 충동을 느낀다(본능적으로 궁지에 몰리면 사실을 부정하게 되는 인간의 본성에 대해 탐구해보려고 한다). 어제 마트 직원의 실수로 달걀 한 판이 누락됐으니 다시 와서 계산해달라는 전화다. 나는 마치 완벽한 증거를 마주한 범인처럼 발뺌 한 번 못하고 "네"라고 다 죽어가는 목소리로 답한다. 순간 너무도 순순히 범죄를 인정했나 싶어 "계산이 안 된 건 확실한가요?"라고 뻔뻔하게 묻는다.

"네. cctv로 확인했습니다. 고객님이 달걀을 포함한 물건과 영수증을 받는 장면도 여러 번 보았고요."

그럼 내가 영수증을 확인하고도 그냥 가버리는 모습까지 다 봤겠네. 묻지 말 걸 그랬다. 집에 혼자 있는데도 발가벗겨진 듯한 부끄러움을 느낀다. 차마 계산하러 다시 갈 용기가 안 나서 계좌이체 하겠다고

말한다. 누가 알까 부끄러워서 남편에게도 세진에게
도 말하지 않기로 한다.

*

　아이가 창문 밖에서 담배 냄새가 난다고 한다. 밖
을 내다보니 아래층 할머니가 담배를 피우고 있다.
나는 남편에게 할머니에게 가서 말 좀 하라고 부탁한
다. 남편은 나더러 하라며 등을 돌린다. 인사성이 밝
아 할머니와 웃으며 잘 지내는 남편은 싫은 소리 하
기가 어려운 거다. 나는 창문을 열고 말한다. "할머
니 여기서 담배 태우지 마세요." 못해도 여든은 넘었
을 할머니는 귀가 어두운지 내 말에 미동도 없고, 되
려 할머니가 내뿜은 담배 연기가 정통으로 올라와 나
도 기침한다. "할머니! 여기서 담배 태우지 마시라고
요!" 조금 더 크게 말한다는 게 목소리 조절 실패로
골목이 떠나가도록 울린다. 저만치 가던 사람이 무슨
일인가 싶어 뒤돌아보고, 지나가던 어느 할아버지가
"노인한테 좋게 말할 것이지. 그렇게 소리를 지르면
써?" 하고는 나를 노려본다. 그제야 나를 쳐다본 할

머니는 눈치를 채고 자리를 뜬다.

담배 연기 문제는 한 번에 끝나지 않는다. 할머니 딴에는 장소를 옮겨서 담배를 피우는 곳이 또 우리 집 안방 아래다. 남편은 잠결에 담배 냄새를 맡고는 어느 놈이냐며 성질부린다. 나는 어느 놈이 아니라 아랫집 할머니라고 대답한다. 남편이 거칠게 창문을 열고 여기서 담배 태우지 말라고 소리 지르는 장면을 기대하지만, 그런 장면은 봉준호 감독도 만들어내기 어려울 것이다. 남편은 끙 소리만을 남긴 채 눈을 감는다. 오늘도 악당 역할은 나다. 창문을 열고 두 번 불렀을 때 할머니가 내 얼굴을 본다. 짜증과 원망의 눈빛으로 올려다보더니 꽁초를 끈다. 여기도 안 되면 나는 어디 가서 담배를 피우라는 말이오. 그러게요. 저도 답을 모르겠네요.

할머니와 나 사이에 떨떠름한 기류가 흐른다.

*

밤새 비가 내리치고 강풍이 분다. 밖을 둘러보러 나간 남편이 기운 없이 들어온다. 주차장 한편에 둔

자동차 커버가 바람에 날아간 듯하다고, 주변 골목을 둘러보았는데도 못 찾았다고 속상해한다. 비바람이 몰아칠 때 왜 자동차 커버를 떠올리지 못했을까 남편이 자책하고 나도 아쉬워한다. 새로 산 지 얼마 안 된 거라 더 아깝다. 분실의 상흔이 희미해질 때까지 자동차 커버를 새로 장만하지 않기로 한다.

퇴근하고 들어오는 남편의 얼굴이 밝다. 로또라도 됐나 싶은 표정이다.

"대박이야. 아래층 할머니가 자동차 커버를 찾아 줬어. 어제 뭘 그렇게 찾으러 다니냐고 물으시길래 자동차 커버가 날아갔다고 말씀드렸지. 할머니가 오늘 산에 올라갔다가 어디서 많이 본 천막이 있어서 끌고 내려왔대."

로또 당첨만큼이나 놀라운 소식이다. 빼빼 마른 노인이 크고 무거운 자동차 커버를 어떻게 끌고 왔을까. 꽤 애쓰셨을 것이다. 슈퍼 사장님에게 물어 할머니가 좋아한다는 박카스를 사다 드렸더니 매우 좋아했다고 한다. 남편은 이게 다 자기가 평소에 인사를 잘하고 다닌 덕이라고 한다. 나는 그 말이 마치 너는 인사성 없는 싸가지라는 소리로 들려 은근히 열받는다. 싫은 소리는 다 부인에게 떠밀고 혼자 착한 척하는 남편의 파렴치함을 어디에 고발할까 잠시 생각한다. 결국 제 얼굴에 침 뱉기인 듯해 참는다.

일찍 잠자리에 들었는데 문 두드리는 소리에 화들짝 놀란다. 그래도 이번엔 남편이 나간다. 문 여는 소리 뒤에 아래층 할머니의 목소리가 들린다. 남편의 웃음소리도.

"할머니가 박카스를 한 상자나 줘서 고맙다고 하시네."

남편이 들고 있는 봉지 안에 노란 시루떡이 있다. 오랜만에 보네. 옛날에 외할머니가 절에 다녀올 때마다 가방에서 꺼내던 떡이다. 나는 제사떡이 싫다며 떡을 든 할머니의 손을 밀어내곤 했다. 아랫집 할머니가 준 시루떡이 따뜻하다. 모서리를 뜯어 입에 넣는다. "침대에 부스러기 흘리기만 해 봐", 눈을 부라리던 남편은 "당신 할머니도 이 떡을 좋아하셨어?"라는 내 말에 금세 눈가가 촉촉해진다. 어린 시절 함께 살아 친할머니에 정이 깊은 남편은 지금도 방앗간, 토란, 처마에 달린 시래기를 볼 때마다 몇 번이나 들어 알고 있는 할머니 이야기를 반복한다. 아랫집 할머니를 보면 친할머니 생각이 난다는 그가, 아랫집 할머니에게 소리 지르고 데면데면하게 구는 나를 어떻게 생각하고 있을지 궁금하다.

평범하고편한
이야기도 ●○
가치가있지요

*

내내 오천 원이던 쪽파 값이 삼천오백 원으로 내렸다. 한 단을 산다. 옆집에서 내놓은 신문지를 주워다가 바닥에 펴놓고 쪽파를 다듬는다. 허리가 살짝 아프다. 오랜만에 보는 나의 주부 코스프레에 남편이 신이 난 듯 동동거린다. "파김치 담그는 거야?" "파전도 만들어 줄 거야?" 누가 보면 김치 쪼가리 하나 안 주고 굶기는 줄 알겠네. 파김치는 내가 먹을만하게 만드는 몇 안 되는 김치 중 하나다. 사실 쪽파 자체가 맛있어서 엔간해서는 맛없기가 어렵다. 맛이 영 안 난다 싶으면 설탕을 때려 부으면 된다.

파김치가 금방 동이 난다. 첫째가 짜파게티를 부르는 맛이라 하고, 남편도 돼지고기랑 찰떡궁합이라며 만든 사람을 흐뭇하게 한다. (얼마나 맛있기에 그러냐고? 내가 '먹을만하게'라고 분명히 밝혔다.)

*

남편과 걷다 보니 동네를 벗어나 꽤 먼 곳에 도착한다. 데이트라고 온 곳이 고작 시장 한복판이다. "쪽파가 네 단에 만 원!" 별안간의 소리에 귀가 번쩍 뜨인다. 네 단에 만 원이라고? 남편의 손을 놓고 소리 나는 쪽으로 간다. 머리가 굵고 뿌리까지 푸릇푸릇한 쪽파가 내 키만큼 쌓여있다. "그러면 두 단에는 오천 원이에요?" "두 단은 육천 원입니다." 에이, 김샌다. 네 단은 너무 많고, 두 단에 육천 원이면 동네에서 사도 된다. 돌아서는데 남편이 나를 붙든다.

"네 단에 만 원인데 안 사?"

내 눈이 가자미 눈처럼 된다. 쪽파 넉 단을 짊어지고 걸어갈 수도 없고, 버스를 타기에는 짐이 한보따리다. 게다가 우리 데이트 중이었는데, 근사한 카페는 아니더라도 롯데리아라도 가야 하는 거 아닌가.

"그래, 싸니까 산다 쳐. 넉 단을 누가 깔 건데? 당신이 깔 거야?"

"아니. 신문도 주워다 주고 커피도 끓여 줄게."

나를 식모로 여기는 게 분명하다. 그러나 집 근처 마트에 들렀을 때 쪽파가 한 단에 사천 원인 걸 보고 아까 시장의 것을 살 걸 그랬나 하고 후회한다. 양손에 들고 머리에 이고 지고, 버스에 쪽파 냄새를 풍겨 사람들이 코를 막고 째려보더라도 살 걸. 남편은 아무 말도 안 하지만 눈빛으로 내게 욕한다. 그 눈빛의 의미는 '그러니까 왜 내 말을 안 듣니'라는 것이다.

*

첫째가 파김치가 더 있냐고 묻는다. 남편이 뭘 먹고 싶다고 하면 뱃속에 거지가 들었나 싶은데, 아이가 뭘 먹고 싶다고 하면 당장 구하지 못해 안달 난다 (남편을 너무 홀대하는 것일까? 하지만 내가 무시당하는 건?).

만 원에 넉 단 하는 쪽파가 계속 떠오르며 지금이라도 다시 가 볼까? 차비까지 따져도 싼 건가? 부질없는 계산을 하다가, 아이가 찾으니 동네 슈퍼에서

라도 한 단 사 와야겠다고 생각한다. 바로 그때, 마법 같은 소리가 들린다.

"쪽파가 석 단에 만 원. 석 단에 만 원."

채소 파는 트럭이다. 넉 단이 아니고 석 단? 양이 살짝 아쉽지만, 어영부영 망설이다가는 기회를 놓칠지 모른다. 지갑을 들고 뛰쳐나간다. 우리 집 문 앞에, 마치 오래전부터 나를 기다려왔다는 듯이 쪽파를 가득 실은 트럭이 서 있다. 트럭이 슬금슬금 움직이기 시작한다. 아, 안 돼! 나는 다급하게 트럭 옆구리를 탕, 탕 친다. 차가 급히 멈추고 사장님이 기운 좋게 내린다.

"쪽파 한 단은 얼마에요?"

"한 단은 오천 원, 석 단은 만 원! 몇 단 드릴까요?"

크고 꽉 찬 한 단이다. 한 단만 사도 충분하지만, 알뜰한 주부라면 단가를 낮춰 싸게 사는 게 기본이다. "세 단 주세요." 쪽파가 담긴 파란 비닐을 안으니 이민 가방이라도 든 듯 묵직하다. 현관에 봉지를 턱하고 내려놓자 남편의 입이 떡 벌어진다. 어쩌려고 그래, 하는 눈빛이다. 여태 빈둥대던 남편이 갑자기 재택근무에 집중하는 척한다. 옷을 갈아입고 나오니 남편이 그새 신문지를 주워다 펼쳐 놓았다. 뚫어진 독에 물 채워 놓으라고 하는 팥쥐 엄마가 환생한 듯하다. 이름난 호텔 브랜드의 김치를 사 먹는다는 미영도 생각나고, 사시사철 친정엄마가 김치를 담가 주는 세진도 부럽다. 아, 내 팔자여.

*

오후 여섯 시에 커피를 마신다. 원래 저녁에는 카페인을 피하지만 오늘은 특수 상황이니 남편에게 커피를 달라고 한다. 평소 같으면 개똥 같은 소리라고 무시했을 남편이 칼을 든 나를 보고 군말 없이 일어난다.

큰 쪽파가 세 단이다. 파 머리를 자르고 겉껍질을 벗기기 시작하자 매운 내가 진동한다. 고양이가 미쳤는지 쪽파를 물어뜯는다. 남편은 내가 답답해 보이는지, 자기에게 불똥이 튈까 봐 그러는지 쪽파 까는 법이라는 동영상을 찾아 보여 준다. 면장갑을 끼고 껍질을 뿌리 쪽으로 쭉 미는 방법이다. 쪽파를 까기 위해 면장갑을 사는 일은 낭비인 것 같아 관둔다.

"어이구 허리야" 하자 남편이 라면을 끓여준다. 또 "어이구 허리야" 하자 둘째가 방문을 닫는다. 세 번째로 "어이구 허리야" 하자 첫째가 "이제부터 깐 쪽파 산다고 하지 않았어?" 하며 나무란다. 값이 두 배야, 라고 말하기도 전에 남편이 "엄마 취미 생활하는 거야. 내버려 둬"라고 말해 어이가 없다. 생활비를 아끼려는 주부의 노력이 가상하지 않은지? 쪽파김치도 담그고 파전도 만들어 식구들 먹인다는 보람보다 이 고생을 왜 사서 하나 하는 후회가 밀려온다. (그러나 다음 날 마트에 가기 전까지 이 후회는 약과에 불과했다.)

*

파김치를 담그느라 자정이 넘어 잠든다. (며칠 내내 쪽파 이야기만 하는 듯하다.) 세진과 미진에게 나눠줄 분량을 덜고도 큰 통으로 꽉 찬다. 잔뜩 해놓았으니 당분간 파김치의 피읖 소리도 들을 일은 없겠다. 하지만 꼭 많이 만들면 질려서 안 먹다가, 쉬기 시작해 억지로 먹고 먹다가 결국엔 버린 기억이 떠올라 아찔해진다(오이소박이였나). 허리도 못 펴고 몇 시간 동안 김치 담그는 수고를 했으니, 이번에는 꼭 야무지게 먹으리라 다짐한다.

이튿날 요통으로 오래 누워있다가 느지막이 일어나 장을 보러 간다. 56번가 마트에 들어서자마자 아주머니들이 벌떼처럼 몰려있는 광경을 목격한다. 뭔데, 뭔데. 남편이 성큼 다가가 보고 오더니 나를 보며 실실 웃기 시작한다. 기분 나쁜 웃음이다. 왜, 왜 웃는데? "아니야, 그쪽으로 가지 마. 우리랑은 상관없는 일이야." 하지만 가지 말라고 하면 더 가고 싶은 게 사람의 마음.

근래에 본 것 중에 제일 끔찍한 장면과 마주한다. 내가 의무교육을 이수한 교양인이 아니었다면 바닥에 주저앉아 발을 구르며 괴성을 질렀을 것이다.

"폭탄 세일! 깐 쪽파 두 단에 오천 원."

*

미진과 세진에게 줄 파김치를 들고 나간다. 어쩐지 바지 허리춤이 흘러내리는 느낌이다. 살이 빠진 걸까? 설레기 시작한다. 빠른 걸음으로 삼십 분 이상 걸어야 운동 효과가 있다는데, 내 걷기는 슬슬 동네 마실 다니는 정도에 불과하다. 낙숫물에 바위 뚫는다고, 그동안의 산책이 헛걸음은 아니었구나 싶어서 가슴이 벅차오른다.

바지 고무줄이 늘어나 있다. 무언가에 혹사당한 듯 맥없이 축 늘어진 모양새에 왠지 미안해진다(뱃살아 왜 그랬니). 걷다가 김치통을 내려놓고 바지를 추키는 내 모습이 영락없는 동네 할아버지 같다.

*

저녁을 일찍 먹고 공원에 걸으러 나간다. 자주 보는 노부부가 있다. 할아버지는 지팡이를 짚었다. 왼발은 곧게 나가고 오른발은 밖으로 둥글게 돌았다가 앞으로 딛는다. 할머니는 할아버지 뒤를 말없이 따라 걷는다. 그림자처럼 따라 걷는다.

할머니가 석축의 큰 바위 위에 뭔가를 내려놓는다. 다가가서 보니 노란 낙엽이 하나, 둘이다. 나도 모르게 모양과 색이 고운 낙엽을 찾아다가 할머니 손에 쥐여주고 싶은 마음이 든다. 할머니도 걷다 보면 보겠지 싶어서 예쁜 낙엽을 눈에 잘 띄는 바닥에 내려놓는다. 그러다가 알았다. 할아버지가 트랙을 한 바퀴 돌 때마다 바위 위에 낙엽이 얹어진다는 것을. 내가 잰걸음으로 두 바퀴, 세 바퀴를 도는 동안 낙엽이 하나 더 얹어진다. 노란 은행잎이 둘, 빨간 단풍잎이 하나.

할아버지 힘내세요, 할머니 멋있어요. 마음이 간다.

잎사귀 다섯 개가 바위에 얹어진 후에야 할아버지와 할머니는 공원을 떠난다. 두 사람의 걸음은 더뎌 내가 트랙을 한 바퀴 더 돌고 와도 뒷모습이 보인다. 느리더라도 두 분의 가을이 오래였으면 한다. 손에는 지팡이를 짚고 오른발은 더디 내딛더라도, 운동장 한 바퀴에 낙엽 하나를 올리는 날이 길었으면 한다.

오늘은 드라마를 보다가 조금 늦게 나갔더니 바위 위에 앉은 단풍잎 다섯 개가 나를 놀리듯 손을 흔든다. 마치 게으름 피우면 안 돼, 시간은 너무도 빠르단다 하는 듯이.

*

친구들이 이탈리아 레스토랑에 가자는 걸 내가 우겨서 동태찜 식당에 들어간다. 가끔은 분위기 있는 곳도 좋지 않냐는 미진의 말에 무안해진다. 비싼 값도 값이지만 어제 집에서 파스타를 해 먹어서 그러는 건데. 나는 동태찜이 아주 맛있을 거라고, 간판만 봐도 느낌이 온다고 허풍을 떤다. 동태찜 소자를 주문한다. 곧 음식이 나오자 세진과 미진의 눈빛이 변한다.

"어머나, 이 가격에 꽃게랑 낙지도 들어있어?"

"이 집 진짜 괜찮다."

"거봐, 내 말 맞지?"

미진, 세진과 만족의 눈빛을 주고받는다. 인증 사진을 찍고 젓가락을 들려는 찰나 종업원이 뛰어온다.

"옆 테이블 건데 잘못 나갔네요. 죄송합니다."

곧바로 아기자기하고 소박한 콩나물찜이 나온다. 무안함을 잊기 위해 얼른 소주를 주문한다.

점잖게 술을 마셔야 한다고 잔소리하던 미진이 어째 점점 세진에게 물드는 듯하다. 술이 들어갈수록 말이 많고 목소리가 커져서 마치 볼륨 조절이 안 되는 시사 뉴스를 보고 있는 기분이다. 미진은 술 마시는 재미를 알았다는 무서운 얘기를 하더니, 급기야 내가 이제 그만 헤어지자고 하자 흥을 깨지 말라며 집에도 못 가게 붙잡는다. 술자리는 2차, 3차까지 이어진다. 친구를 잘 사귀어야 한다는 말은 어른에게도 마찬가지인데, 서로에게 좋은 영향을 주는 사이인지 악영향을 끼치지는 않는지 되새겨 봐야 한다.

이튿날 회비를 정산한다. 내 덕에 알뜰하게 잘 먹고 놀았다는 미진의 말에 서운했던 마음이 녹는다. 그런데 술집에서의 금액이 안 맞는다. 간밤에는 오천 원이 더 왔다며 "우리가 예뻐서 음료값은 빼주는가 봐" 하며 주접을 떨었는데 다시 계산해보니 오천 원을 덜 받았다.

어제 암산한 사람 누구야. 거기가 어딘지 기억하는 사람은?

술을 끊든지, 인연을 끊든지 해야 한다.

*

변기에 앉아서 샴푸 뒷면을 읽거나, 라면을 끓이면서 봉지 뒷면을 읽는다(대체 무엇을 몸에 바르고, 먹고 사는 걸까). 내 글을 쓰는 동안에는 다른 작가의 책은 읽지 않으려 했더니 읽기 갈증에 빠져 손에 잡히는 무엇이든 읽고 보는 것이다. 남의 글을 안 읽는다고 내 실력이 좋아지는 것도 아니고, 책을 읽는다고 금방 좋은 문장이 따라 나오는 것도 아닐 테다. 양서를 읽고 필사라도 해야 작문이 나아지지 않을까, 하는 변덕을 부린다. 활자 충전이 필요하다.

오랜만에 도서관에 들어선다. 사서 선생이 나를 보고 흠칫 놀란다. 신간 코너 앞에 선다. 출간하자마자 베스트셀러인 책을 꺼내 살펴본다. 20대에 이미 문학상을 받았어? 전작이 이렇게나 많이 팔렸어? 작가 소개만 읽는데도 기가 팍팍 죽는다. 책을 얌전히 집어넣고 구석진 서가로 간다. 젊고 유능한 한국 작가 대신 고인이 되었거나, 고전 명작, 해외 작가의 책을 고른다.

일전에 저명한 작가의 소개로 재미있게 읽은 《이 작은 책은 언제나 나보다 크다》를 쓴 줌파 라히리의 책들을 발견한다. 그의 저서 중 손때가 가장 많이 묻고 낡은 《축복받은 집》이라는 책과 옆 서가에서 표지를 테이프로 덧바른 《건지 감자껍질파이 북클럽》(메리 앤 섀퍼, 애니 배로스)이라는 책을 뽑아 대출한다. 단 두 권뿐이어서 그런지 사서 선생의 얼굴이 온화해 보인다.

*

　도서관에서 빌려온 책은 대성공이다. 역시 맛집은 줄 서기로 알아보고, 재미있는 책은 손때로 알아본다. 두 권의 책을 시간 가는 줄 모르고 단숨에 읽는다. 《건지 감자껍질파이 북클럽》의 사랑스러움에 반하고, 《축복받은 집》의 내밀한 묘사에 매혹당한다(당장 이 두 권을 사야 할 도서 목록에 올린다). 특히 후자의 '섹시 SEXY'라는 단편에서 (섹시라는 말의 뜻은) "그건 당신이 잘 알지도 못하는 사람을 사랑한다는 뜻이에요"라는 문장에 전율한다. 내가 아는 섹시 중에서 가장 슬픈 정의이다.

　애석하게도 《건지 감자껍질파이 북클럽》의 작가는 2008년에 세상을 떠났고, 다행히 《축복받은 집》의 줌파 라히리는 왕성하게 활동 중이다. 좋아하는 작가와 동시대를 살면서 새 작품을 기다릴 수 있는 일이 축복으로 느껴진다.

*

몸에 한기가 느껴져 잠에서 깼다. 잠시 소파에 누웠는데 잠이 들었나 보다. 분신과도 같은 핸드폰이 안 보인다. 손에 쥐고 있었는데 어디로 갔지. 바닥에도 없고 주머니에도 없다. 아무래도 벌어진 소파 틈새로 빠진 듯하다. 손도 넣어보고 삼십 센티 자를 넣어 휘저어봐도 걸리는 게 없다. 분명히 이 안으로 들어간 것 같은데.

이사를 앞두고 동네 가구점에 갔다. 오래된 장롱을 샀다. 진열된 지 오래된 만큼 환경호르몬은 빠졌을 거라고 위안했다. 계약서를 쓰고 나오는데 밖에 내어놓은 황토색 가죽 소파에 눈이 꽂혔다. '현금가 이십오만 원, 반품 불가.' 가죽 소파인데 25만 원이라고? 내가 멈춰서 소파를 쳐다보자 가구점 사장님이 달려나왔다.

"혼자 살던 할머니 집에 있던 건데 앉지도 않았어요. 먼저 가져가는 사람이 수지맞은 거예요."

장롱은 열댓 번도 고민해 놓고 소파는 단번에 결정했다. 이삿날 장롱과 소파가 들어왔다. 식구들도 소파를 좋아했다. 삼 인용 소파지만 네 식구가 끼어 앉았고, 빈 상자에 들어앉아 있던 고양이도 소파 팔걸이로 자리를 옮겨 왔다. 소파에 누워 책을 보다가 스르르 잠드는 순간이 좋았다. 드라마에서는 잠이 든

아내를 번쩍 들어 침대로 옮기는 남편이 나오던데, 우리 남편은 여기서 자면 입 돌아간다고 거칠게 흔들어 깨웠다. 소파 꺼진다며 누워있지 말라고도 했다.

　남편이 퇴근했다. 당장 핸드폰을 꺼내달라고 부탁한다. 남편은 종일 일하고 교통지옥에 시달리다 이제 들어왔는데 밥도 안 주고 일부터 시킨다며 투덜거린다. 우선 씻고 저녁도 먹은 후에 찾아보겠다고 한다. 나는 연락이 안 돼서 친구들이 걱정하고 있을 것이고 출판사로부터 전화 올 일이 있다고 뻥 친다. 남편은 짜증을 참는 표정으로 틈을 들여다본다. 안에 보이는 게 없는데 여기로 빠진 게 맞냐고 재차 묻는다. 나는 자신감 없는 목소리로 확실하다고 말한다. 소파 틈에 손을 넣어보던 남편은 안 되겠다며 마침 귀가한 아들과 함께 소파를 들어 뒤집어 흔든다. 으악, 이게 다 뭐야. 소파 틈에서 구멍가게 하나만큼의 물건이 쏟아져 나온다. 일단 내 핸드폰이 나와서 기쁘다. 얼른 집어 바지 주머니에 넣는다. 색색의 레고 블록과 백 원 뽑기에서 나온 조악한 플라스틱 장난감이 우수수 떨어진다. 또 몇 년 묵었는지 모를 과자 부스러기들이 은하수처럼 쏟아진다. 개미나 바퀴벌레가 나오지 않아서 감사할 지경이다. 우리가 앉고 누워있던 소파 속에서 온갖 쓰레기가 나오자 남편의 표정이 하얗게 질린다. 소파 상태도 확인하지 않고 샀냐는 비난이 날아올까 봐 남편의 눈치를 본다.

"이상하다. 할머니가 혼자 쓰던 소파라고 했는데…."

"손주들이 많이 놀러 왔나 보지."

남편의 따스한 대답에 마음이 놓여 나는 금세 공상에 빠져든다. 문방구 앞 뽑기에서 장난감을 뽑아온 손자들이 소파 위에 올망졸망 올라앉는다. 할머니한테 둥근 플라스틱 통을 열어달라 조르고 작은 장난감을 움직이며 이용, 피용 소리 내며 논다. 과자와 장난감을 손에 하나씩 쥐고 놀다가 소파 위에서 잠이 든다. 할머니는 작은 모포를 들고 와 아이의 포동포동한 배를 덮어 준다. 그 손에서 스르르 흘러나온 장난감과 과자가 소파 틈으로 들어간다. 아이들은 놀랄 정도로 쑥쑥 자라고 소파에 와서 앉는 일은 줄어든다. 할머니만 소파에 덩그러니 앉아있다. 소파는 아이들의 웃음소리와 할머니가 마지막으로 힘없이 앉았던 날의 촉감도 기억하고 있다.

핸드폰이 울려 공상에서 깨어난다. 카드 대금이 출금되었다는 알람이다. 혹시나 하는 기대감으로 핸드폰을 열지만 나를 찾는 메시지, 부재중 전화는 없다.

*

    세진과 만난다. 우리가 얼마 만에 보더라, 개학 날의 엄마들처럼 두 손을 마주 잡고 흔든다. 56번가 카페 사장님이 우리를 보고 웃는다. (호텔 커피값의 반의반도 안 되지만 맛은 못지않은) 따뜻한 라테를 주문한다.

    세진이가 들려줄 이야기가 있다며 손을 잡아끈다. 대뜸 소매를 걷더니 반짝이는 은구슬 팔찌를 보여준다. "오오, 나 이 팔찌 알아. 명품이잖아!" 나의 호들갑에 세진이 웃는다. 결혼 이십 주년이라 남편이 사줬다고 한다. "이십 주년? 정말 축하해!" 세진이 그게 문제가 아니라고 눈을 빛내며 속삭인다. 왜, 왜. 무슨 일인데.

    남편이 선물 산다고 엄한 데 가서 바가지 쓰고 올까 봐 아예 인터넷에서 가격도 적당하고 마음에 드는 (티파니) 팔찌를 골라 남편에게 링크를 보냈다고 한다. 세진의 남편은 직접 사서 선물하고 싶어서 강남백화점의 티파니 매장에 갔다고 한다. 팔찌를 찾는다고 하니까 매우 단정한 눈썹의 직원이 친절히 안내하며 몇 개를 보여 주는데, 얼핏 봐도 제일 싼 게 구백만 원이었다고 한다. 나는 깜짝 놀라 "팔찌가 구백만 원이나 해?" 하고 묻는다.

"응. 제일 싼 게 구백만 원이었대. 자, 봐봐. 너는 그 상황이었으면 어떻게 할 거야?"

"뭘 어떡해. '마음에 드는 게 없네요' 하면서 자연스럽게 도망 나와야지. 설마 그걸 산 거야?"

"우리 남편이 명품관 직원한테…"

직감적으로 부끄러움의 소름이 돋는다. 순박한 얼굴의 세진의 남편이 두껍고 세련된 화장을 한 명품관 직원에게 인터넷 링크를 보여 주는 장면이 그려진다. 카페가 떠나가도록 웃는다. 세진이 조용히 하라며 팔을 끌어도 웃음을 멈출 수가 없다. 카페 사장님이 무슨 일이지? 하는 눈빛으로 나를 본다.

"그래서, 어떻게 됐어? 보여 줬더니 직원이 뭐래?"

삼십만 원대 초저가(그들의 세계에서는) 링크를 본 직원은 친절하던 눈빛을 싹 거두고 이 제품은 인터넷 전용이라 매장에서는 팔지 않는다고 했단다. 그리고는 여태까지 다정한 이웃처럼 굴던 사람이 갑자기 웃음을 거두고 슬금슬금 피하길래 허겁지겁 돌아 나왔다고 한다. 백만 원만 됐어도 사는 건데, 구백만 원은 도저히 용기 낼 수 없었다며.

우리는 양손으로 배를 움켜쥐고 웃는다. 세진이 어

쯤 그렇게 세상 물정을 모를 수 있냐고 남편 흉을 본
다. 하지만 남편을 말할 때 눈이 애정으로 빛난다.
"그래도 이거 봐봐" 하면서 세진이 다시 팔목을 내민
다.

"다이아몬드야."

세진이 부끄러운 듯 말한다. "어, 어디?" 팔찌를 눈
앞으로 갖고 와서야 비듬만큼 작게 반짝이는 걸 발
견한다. 세진의 남편이 인터넷에서 다이아몬드가 박
힌, 값이 두 배나 되는 팔찌를 주문했다고 한다. 나는
세진의 명품 팔찌도, 부인을 위해 명품관에 찾아가는
남편의 마음도 부러워진다. 다이아몬드 있는 여자니
까 밥 사라는 나의 억지에 세진이 답한다.

"얼마든지!"

*

남편에게 세진의 이야기를 한다. 분명 우스운 얘기
인데 남편은 웃지 않는다. 다이아몬드가 박힌 명품
팔찌가 부럽다고 해서 그런가? 나도 곧 결혼 이십 주
년인데 기대된다고 말해서 그런가. 남편은 팔찌 사

진을 보여달라고 하더니 "은단 팔찌네" 한다. 자기가 실은 금속 공예 기술사 자격증이 있다고 한다. 그래서 뭐? 재료를 원가에 떼다가 똑같이 만들어 줄 수 있단다. 요새 큐빅은 다이아몬드랑 똑같이 나온다는 헛소리를 지껄이며. 욕이 절로 나온다. 어쩐지 다용도 장에 납땜인두기가 잔뜩 있더라. 기회를 봐서 싹 갖다 버려야겠다.

*

둘째 아이가 칠판 글씨가 안 보여 안경을 바꿔야 한단다. "그렇게 핸드폰을 노상 붙들고 있으니 눈이 나빠질 수밖에 없지." 핀잔을 주자 아이가 하는 말,

"불도 다 _끄고_ 밤새 핸드폰 보는 사람이 누구더라?"

아이와 격 없이 친구처럼 지내는 일이 부모와 자녀 사이에 마냥 좋은 일일까, 아이의 날카로운 지적을 받고 뒤늦게 후회한다. 실은 나도 초점이 안 맞아서 또렷이 안 보인 지 오래다. 내일 안경원에 함께 방문하기로 한다.

*

　토요일 아침부터 남편과 대립한다. 집에 쌓인 남편의 물건들 때문이다. 내 취미는 평소 신는 운동화 한 켤레와 도서관만 있으면 되는 산책과 독서인데 남편은 낚시, 캠핑, 자전거 등등으로 듣기만 해도 짐이 어마어마한 고약한 취미를 가지고 있다. 최근에는 새를 촬영하는 취미까지 더해져 쌍안경 두 개는 애교이고 각종 카메라와 장비까지 늘어나 안 그래도 좁은 집안을 짐으로 잠식시킨다. 새로운 취미가 생겼으면 안 하는 캠핑이나 전자기타, 앰프는 정리하라고 애원해도 다 쓰는 거라며 털끝 하나도 못 건드리게 한다.

　실은 취미 용품뿐 아니라 뭐든지 버리는 걸 싫어해서 어릴 적 기념품이며 잡동사니를 옷장, 서랍장, 거실의 장식장에까지 쌓아두고 있다. 남편에게 고물상이나 넝마주이가 꿈이냐고 묻는다. 남편은 추억이 있고 선물한 사람의 마음이 담겨있는 물건을 어떻게 버릴 수 있냐며 되려 나를 냉혈한으로 몰아붙인다. 그렇게 다 버리다간 남편까지 버리겠다며, 아이들에게 어느 날 아빠가 안 보이면 쓰레기장으로 찾으러 오라고 비아냥거린다.

빈정거리는 그가 고깝지만 어쩔 수 없이 운전을 부탁해 단골 안경원에 간다. 내 안경이 육 년이나 됐다는 사실에 놀란다. 노안이 심해서 다초점 렌즈를 추천받는다. 렌즈 안에 또 작은 렌즈가 들어간, 보기만 해도 노안 안경임을 알 수 있는 그 렌즈 말인가요?

"할머니처럼 보이잖아요. 안 할래요."

완강히 거부한다. 안경원 사장님은 웃으며 내가 말하는 건 90년대 디자인이고 지금은 일반 렌즈와 똑같다고 설명한다. 어쩔 수 없이 누진 다초점 렌즈로 맞춘다(몇 배나 비싼 가격에 놀라 턱이 빠질 뻔했다). 둘째 아이의 시력을 재고 안경테를 고른다. 안경원 사장님이 렌즈를 만드는 동안 가게를 둘러보다가 구석에 새로 생긴 수납장을 발견한다. 변진섭, 양수경, 김현철 등 나도 좋아했던 옛날 레코드판이 몇백 장쯤 꽂혀있어 반가운 마음에 입꼬리가 올라간다.

"레코드판 진짜 오랜만에 봐요."

아는 척을 했더니 사장님이 슬픈 표정으로 말한다.

"어릴 때부터 모은 건데 마누라가 미니멀인지 뭔지 한다고 다 버린대서 가게로 가져왔어요. 좀 있으면 저도 버릴지 몰라요."

어디서 들어본 소리인데 하며 남편을 봤더니 거의 눈물을 흘릴 듯한 표정으로 고개를 끄덕이고 있다.

설마 산 사람을 버리겠어요, 라고 말하려던 뒷말은
삼킨다.

*

초고가 거의 완성되어 간다. 내 글 구려 병이 도져
출판사 대표에게 전화한다.

"글이 아름답지도 않고 얕은데 어떡하죠?"

나의 자격지심에 대표가 말한다.

"깊고 아름다운 글만 글인가요. 평범하고 편한 이
야기도 가치가 있지요. 작가님 쓰고 싶은 대로 쓰시
면 돼요."

나를 위로하는 말은 분명한데 어쩐지 부아가 돋는
다.

*

남편이 침대 옆에 있는 실내 자전거에 자꾸 부딪치

게 된다며 운동은 하고 있냐고 묻는다. 혹 들어온 공격에 재빨리 답을 하지 못하고 머뭇거린다. 남편은 이때다 싶었는지 처음에 샀을 때 빼고는 자전거 타는 모습을 한 번도 못 봤다며, 비싼 외투걸이를 산 거냐고 시비 건다. 나는 내일부터 매일 한 시간씩 탈 예정이라고 우발적으로 내뱉는다. 남편은 자기 짐은 많아도 다 사용하는 거지만, 내 짐은 무용한 채로 방치되어 있다며 내 정리의 기준이 편협하고 이기적인 측면이 있다고 말한다. 아무래도 엊그제 넝마주이가 꿈이냐고 조롱한 말에 앙심을 품은 듯하다. 밴댕이 소갈딱지라는 말이 시기적절하게 떠오르지만, 훗날의 보복을 도모하며 입을 꾹 다문다.

*

남편이 말한 이후로 침대 옆의 자전거가 눈엣가시처럼 거슬리고 어서 자전거 페달을 굴리라고 압박하는 듯해서 보기가 싫어진다. 아무래도 나의 실패를 깨끗이 인정하고 실내 자전거를 중고로 팔아야겠다고 생각한다. '거봐라 분명히 얼마 타지도 않을 거라고 했지?' 남편이 고소해하며 비웃을 얼굴을 떠올리니 약이 오른다.

남편과 내가 투덕거릴 때 둘째가 자주 하는 말, "둘이 왜 결혼했어? 사랑하기는 해?" 사랑해서 결혼했고 사랑하고 있다고 생각하지만, 상대를 깎아내릴 때 어느 때보다 큰 희열을 느끼는 건 사실이다. 이유는 나도 모르겠다. (우리 부부만 이런가?)

*

실내 자전거를 중고 장터에 매물로 등록한다. 올린 지 한참 지났는데도 아무런 반응이 없다. 중고 장터가 자전거로 꽉 차 있는 것 같다. 실내 자전거를 팔겠다고 하자 남편이 얼마에 내놓았느냐고 묻는다. 나는 거의 산 가격 그대로 내놓았다고 뻥 친다. 남편이 애초에 왜 샀냐고 힐난하고 싶은 것을 참는 게 보인다. 이십 년을 같이 살다 보니 눈빛만 봐도 무슨 생각을 하는지 알겠다.

처음엔 열심히 탔다. 이대로 매일 한 시간씩 타면 한 달에 오 킬로씩 금방 살이 빠질 거라 믿었다. 남편이 일 년 후엔 내가 소멸하는 거냐고 물었다(무슨 개뼈다귀 같은 소리를). 그러나 다들 그렇듯 처음엔 운동기구였다가 얼마 지나지 않아 핸드폰을 보는 불편한 의자가 되었고 결국 옷걸이가 됐다. 이사 오고 나서는 자리가 마땅치 않아 안방 침대 옆에 두었더니 남편이 자꾸 부딪친다며 투덜거렸다.

이틀마다 가격을 내리고 또 내리는데도 찔러보기도 없다. 도대체 이유가 무엇일까. 운반 비용을 생각 못 했다. 가벼운 접이식 자전거도 아니고 30킬로가 넘는 쇳덩어리다 보니 혼자 옮길 수도 없고 승용차에도 실리지 않아 트럭을 불러야만 한다. 치워야겠다고 마음을 먹으니 하루빨리 없애고 싶다. 무료 나눔으로 게시글을 수정하자마자 가지러 오겠다는 전화가 온다. 트럭도 있다고 한다.

남편이 없을 때 가지러 왔으면 했는데 오늘따라 남편이 일찍 온다. 무료 나눔이라는 말에 남편의 표정이 굳어진다. 저녁 먹고도 한참 후에 젊은 아저씨와 흰머리가 지긋한 아버님이 왔다. 우리 집 거실로 성큼 들어온 아저씨가 말했다.

"저희 어머니가 허리 디스크가 있거든요. 실내 자전거가 필요했는데, 체중이 있다 보니 가벼운 접이식 자전거는 타다가 옆으로 넘어가 버리더라고요."

"아… 네…."

"튼튼하고 무게가 나가는 걸로 알아보니까 중고 가격도 만만치가 않더라고요. 할부로 십 개월을 끊어야 하나, 고민하던 차에 이렇게 무료로 주시니 정말 감사하고요."

"아… 네…."

이 아저씨는 처음 보는 내게 어머니의 지병과 경제 사정까지 다 말할 작정인가. 남편의 얼굴이 점점 더 어두워진다.

"마침 저희 아버지 친구분이 트럭이 있어서 업무 마치고 빌려 타고 오느라 늦었습니다."

"아… 네…."

그만 가라고 등 떠밀고 싶다. 이 아저씨, 남의 집 거실에 너무 오래 있다.

자전거를 현관 밖으로 빼면서도 아저씨는 끊임없이 고맙다고 말한다. 자꾸 그 말을 들으니 괜히 무료 나눔을 했나 후회된다. 그럼 오만 원이라도 주실래요? 말하고 싶었으나 그랬다간 다시 자전거를 안방으로 밀어 넣을 것 같아서 말았다. 그렇게 자전거는 갔다. 남편 눈치는 좀 보였으나 침대 옆이 훤해져서 좋다. 다시는 바퀴 달린 빨래 걸이를 사지 않으리라 다짐한다.

초인종이 울려서 인터폰을 보니 좀 전의 그 아저씨라 깜짝 놀란다. 왜 왔지? 반품 하러 왔나? (큰 도움이 될 것 같지는 않지만) 남편이 있어서 다행이라고 생각한다. 왜 그러세요? 문을 빼꼼히 열고 묻는다.

"트럭에 싣고 보니 자전거가 진짜 좋은 거더라고요. 그냥 가져가긴 죄송해서 이거 사 왔어요."

아저씨가 30롤짜리 휴지 묶음을 내민다. 생각지도 못한 답례에 입이 찢어진다.

남편에게 이거 보라고, 세상은 아직 살만하다며 휴지를 들어 자랑한다. 남편의 눈이 삼십 만원 자전거를 30롤 휴지로 바꿔서 좋으냐고 묻는 것 같아서 갑자기 차분해진다. 자려고 누웠는데 문자 메시지가 온다. 또 그 아저씨. 아저씨와 닮은 통통한 어머니가 조금 전까지만 해도 내 것이었던 실내 자전거에 앉아 브이를 하고 있다. '감사합니다. 자전거 잘 타서 건강하겠습니다'라는 문자도 함께. 남편에게 보여줬더니 이번에는 좀 웃는 것 같다.

*

냉장고와 옷장의 공통점을 발견한다. 옷이 잔뜩 걸려 있지만 입을 게 없는 것과 마찬가지로 꽉 찬 냉장고 안에도 먹을만한 게 없다. 장바구니와 지갑을 챙겨 뛰쳐나가려다가 생활비가 얼마 남지 않은 것을 떠올리고는 의기소침해진다. 급히 냉동실을 열어 본다. 알 수 없는 까만 봉지들이 전구의 불빛을 가려 냉동실은 우주처럼 차갑고 어둡다. 사 놓기만 하고 다듬지 않은 멸치 상자, 모세의 기적을 일으키고도 남을 식빵, 남북한 전부를 먹일 수 있을 만큼의 만두와 떡국떡 봉지가 보인다. 정성 들여 쪄놓고는 처박아 놓은 옥수수며 성에가 낀 가자미, 고등어 봉지가 칸마다 들어차 있다. 언젠가 남편이 냉장고를 열어보고는 우리 집은 전쟁 준비가 잘 되어 있다고 말한 게 생각나 심기가 불편해진다.

'냉파'라는 신조어가 떠오른다. 처음에는 냉장고 파티인 줄 알고 포틀럭 파티를 떠올리며 좋아했는데 냉장고 파먹기라는 뜻에 실망했다. 나도 '냉파'를 시작하기로 한다. 금광을 캐듯 화석이나 유물 같은 재료를 발굴해 식사를 차려내고, 식비를 아껴 돈에 허덕이지 않는 알뜰한 모습을 남편에게 보여 줘야겠다.

냉동실을 열고 멸치를 꺼내려는 찰나 돌덩이 같은 검은 봉지가 떨어져 발등을 찧는다. 다이아몬드보다 단단한 돼지고기다. 멸치는 다듬어 볶음을 하고, 다이아몬드 카레를 만들기로 한다. 봉지 두 개를 꺼냈을 뿐인데 비워진 공간 사이로 빛이 들어 광명을 찾은 듯하다. 냉장실의 채소가 양파와 당근뿐인 게 아쉽다(그럼 나머지 이 봉지들은 다 뭐지?). 카레에는 감자가 핵심인데.

퇴근 중이라는 남편이 생선구이와 술을 마시고 싶다는 메시지를 보내온다. 우리 집 우주에 이미 가자미와 고등어가 있지 않은가. 준비해 놓겠다고, 살림 잘하는 아내처럼 답변을 보낸다. 소주를 사기 위해 어쩔 수 없이 장바구니와 지갑을 들고 나선다. 마트에 간 김에 감자도 사기로 한다. 마침 세일 방송이 흘러나오면 달려가 사지 않을 자신이 없어 귀마개를 하고 가야 하나 생각한다. 아무래도 나는 냉장고 파먹기보다 냉장고 파티가 어울리는 사람인 것 같다.

*

남편이 가랑이가 다 해진 청바지를 들이민다. 남편은 이 바지를 거의 십 년이나 입었다고 말한다.

"조금만 더 낡으면 뻥 뚫려서 사타구니가 시원하겠네." "그걸 농담이라고 하냐?" 남편이 정색한다. 별안간 옷 한 벌을 안 사주는 악덕 부인이 된 듯하다. 당장 새 바지를 사러 가자고 말한다. 코빼기도 안 보이던 아이들이 갑자기 나타나 자기네도 운동화가 필요하다고 따라나서는 바람에 골치가 아파진다(각자 방문을 닫고 있지만, 부모의 대화를 엿듣고 있는 게 분명하다). 그나저나 어떻게 한 사이즈의 바지를 십 년 동안 입을 수 있지? 나는 해마다 크기를 갱신해 왔는데.

아웃렛의 나이키 매장이 무슨 일인지 인산인해다. 남편이 질색하며 들어가길 거부한다. 나는 분명 엄청난 할인 중일 거라며 식구들을 끌고 들어간다. 나이키 웹사이트에 회원가입을 하고 두 켤레 이상 사면 기존 할인에 추가 할인까지 해준다고 한다. 나는 점원의 도움을 받아 꾸역꾸역 회원가입을 한다. 아이들이 다른 매장에 가보고 싶다는 걸 여기서 사라고 윽박지른다. 아이들이 신발을 고르고, 엄청난 할인을 기대하지만 얼마 되지 않아 실망한다. 회원가입을 늘리려는 나이키의 꾐에 낚였다는 생각에 열받는다. 쇼핑백값 백 원이 아까워서 사지 않는다.

빨간 상자를 하나씩 들고 위층으로 올라간다. 에스컬레이터에서 내리자마자 보이는 고급 브랜드 매장은 얼른 지나친다. 아무 인기척도 없어 뒤돌아보니 나 혼자다. 급히 남편을 찾으니 눈치도 없이 비싼 브랜드 매장에 들어가 있다. 차마 끌고 나올 수는 없어 "누워있는 바지 중에서 골라요" 하고 남모르게 속삭인다. 가판대에서 고르라는 뜻이었는데 마네킹이 입고 누워있는 신상품을 보고 있어 속이 탄다. 다행히 마음에 드는 바지가 없는지 그냥 나온다(중저가 브랜드는 왜 멀리 구석에 있는지 모르겠다). 다음 매장에선 가판대에서 물건을 고른다. 마음에 드는 바지가 있어 점원에게 32사이즈가 있냐고 묻자, 그는 카운터에 서서 "거기 없으면 없어요"라고 고개도 들지 않고 말해 기분이 상한다. 하는 수 없이 옆 매장으로 간다. 의기소침해져서 가판대 앞을 서성이는데 점원이 다가와 친절하게 대해서 고쟁이 바지만 팔아도 여기서 사야겠다고 마음먹는다. 남편도 같은 심정인지 바지를 입어보고 바로 사기로 한다. 값은 내가 생각했던 것보다 조금 더 비싸지만, 전혀 개의치 않는 듯이 군다. 점원의 친절은 여기서 끝나지 않는다. 아이들이 거추장스럽게 신발 상자를 들고 있는 걸 보고 안 쓰는 쇼핑백이 있다며 내어준다. 나는 그 점원을 사랑하게 된다. 남편도 만족스러운 쇼핑이었다고 말하고 딸내미는 그렇게 친절한 사람은 처음 본다며 자기도 다음번에 그곳에서 바지를 사겠다고 한다. 집에 돌아오는 차 안에서 사람의 마음을 얻는 일에 대해 생각한다. 내가 여러 사람에게 했던 무례한 말들이 생각나 얼굴이 화끈거린다.

*

　뜻밖의 선물을 받는다. 나를 대중에 소개한 저명한 작가가 《열심히 하지 않습니다》라는 책을 보냈다. 한국의 사노 요코가 되길 바란다는 메시지와 함께. 검색창에 사노 요코라는 이름을 넣어본다. 《죽는 게 뭐라고》라는 책 제목이 눈에 띄어 공포 소설인가 하고 놀란다. 그럼 나도 '편의점의 연쇄 살인마' 같은 스릴러 소설을 써야 하나 망상한다. 다행히 귀엽게 생긴 할머니 사진과 가슴이 따뜻해지는 표지의 그림책과 동화책, 수필이 보여 안심한다. 선물 받은 책을 단숨에 읽는다. 세상에나, 이렇게 웃긴 할머니라니! 책장마다 붙인 포스트잇이 운동회날 만국기처럼 펄럭인다. 솔직하고 귀여운 할머니를 좋아하게 된다.

나도 모르게 한국의 사노 요코가 되고 싶다는 열망이 생겨 책방이나 도서관에 가서도 그를 의식한다. 사노 요코의 책을 닥치는 대로 읽는다. 오늘 읽은 책은 《죽는 게 뭐라고》. '사람은 죽을 때까지는 살아 있다'라는 담담한 문장에 묘하게 위안받는다. '먹기 전까지는 배고프다', '잠들기 전까지는 피곤하다'라는 헛소리에 불과한 아류작을 생각해내곤 혼자 민망해져서, 나는 절대 사노 요코처럼 될 수 없다고 생각한다. 내게 책을 보낸 저명한 작가도 내가 진짜 그렇게 되리라고는 딱히 기대하지 않았을 거라는 생각에 이르자 안심되는 동시에 절망도 느껴지는 이상한 감정에 휩싸인다.

*

현금을 찾으러 은행의 자동화 코너에 들어간다. 분홍색 단체복을 입은 아주머니가 나를 보자마자 "이 전화 좀 받아 줘요. 돈이 안 나왔어요" 하며 전화기를 들이민다. 중국 억양을 쓰는 아주머니는 금방이라도 울듯 눈물이 그렁그렁하다. 혹시 아주머니가 전화 사기에 당한 걸까. 겁은 나지만 얼떨결에 전화를 받아 든다. 내가 "여보세요"라고 하자 "다행이네요. 좀 도와주시겠어요?"라는 목소리가 들린다. 은행 상담원이어서 안심한다. 상담원은 아주머니가 들고 있는 명세표에 적힌 오류 코드를 불러 달라고 한다. 아주머니가 알파벳을 몰라 당황한데다 계속 어떡하냐는 말만 반복해서 난처한 상황이었다고 한다. 그 와중에 아주머니가 계속 "내 돈 어떡해요. 내 돈 어떡해" 하며 발을 구르고 중얼거려서 정신이 사납다. 나는 아주머니에게 조용히 좀 해보라고 소리 지른다. 아주머니는 그제야 입을 다문다.

　나는 침침한 눈으로 작은 종이에 더 작게 적힌 영어 코드를 찾아 불러 준다. 글씨가 얼마나 작은지 아주머니가 당황할 만하다. 상담원은 어떤 오류인지 알았다며 다시 손님을 바꿔 달라고 한다. 도와줘서 고맙다는 말도 잊지 않는다. 옆 기계에서 돈을 찾고 있는데 아주머니가 다시 내 어깨를 붙든다. 무슨 말인지 모르겠다고 들어보라고 한다. 나는 또 전화를 받는다. 이유는 간단히 '카드 유효기간 만료'였다. 상담원은 차분하게 설명하려 애썼지만, 큰돈을 잃어버린 줄 알고(명세표를 보니 칠십만 원을 찾으려고 했다)

겁을 잔뜩 먹은 아주머니는 아무것도 들리지 않는 듯했다. 내가 아주머니에게 설명하겠다고 상담원에게 얘기하고 전화를 끊는다. 상담원은 이번에도 감사하다는 말을 덧붙인다.

일단 '돈은 없어진 게 아니다'라는 걸 알려 아주머니를 안심시킨다. 카드 사용 기한이 지나 재발급하라는 연락이 갔을 텐데 못 받았냐고 물었다. 조선족의 사기 전화가 심해서 모르는 번호는 아예 안 받는다고 한다. 나는 아주머니에게 카드 뒷면에 적힌 번호로 전화하거나, 통화가 어려우면 신분증을 들고 은행에 가라고 설명한다. 옆에 있던 아저씨가 "은행은 어디에 있는지 알아요? 지하철역 앞에 있어요. 여기 보이는 샛길로 쪽 가서 길만 건너면 돼요" 하고 돕고 싶어 안달한다. 금방이라도 눈물을 떨굴 듯 붉던 아주머니의 얼굴이 차분한 분홍색으로 돌아온다. "고마워요. 나 사기 맞은 줄 알았잖아." 아주머니의 애교 섞인 말투에 귀여움을 느낀다.

*

부쩍 맞춤법과 띄어쓰기가 생각나지 않아 곤란함을 겪는다. '병이 낳았다'처럼 어이없는 정도는 아니지만 '금세'나 '금새', 가방을 '매다'와 '메다'가 헷갈려 쓸 때마다 검색한다. 젊은이 흉내를 낸다고 인터넷에서 본 말을 따라 했더니 무분별한 줄임말과 신조어를 쓰는 정체불명의 국어 사용자가 되어버렸다.

어릴 때 본 드라마가 떠오른다. 신문사에 다니는 주인공은 기삿거리가 없어 고민하던 차에 소학교 친구로부터 은사님 소식을 듣는다. 일제 강점기에 민족문화 말살 정책으로 국어 사용이 금지되고 일본어 사용을 강요받는다. 칼 찬 군인이 아무 때고 교실에 들어와 학생을 일으켜 세워 일본식 이름이 무엇인지 묻고, 일본어를 배우고 있는지 확인한다. 젊은 선생님은 감시를 피해 필사적으로 아이들에게 국어를 가르친다. 그러나 누군가의 고자질로 아이들이 보는 앞에서 순사에 체포된다. 선생님은 끌려 나가면서도 아이들에게 한글을 잊으면 안 된다고 외친다. 고문을 당했다더라, 죽었다더라, 하는 소문과 함께 그의 생사를 알 수 없게 된다. 주인공은 선생님의 영향을 받아 국문과를 졸업하고 신문사 기자가 된다.

동창으로부터 은사님이 서울 모처의 학원에서 강사로 있더라는 소식을 듣고, 은사님의 이야기가 민족 정신과 애국심을 고취 시킬 훌륭한 기삿거리가 될 거라고 확신한다. 수소문 끝에 학원 교무실에서 은사님을 기다린다. 화장실에 가던 주인공은 은사님의 목소리가 들려 발걸음을 옮긴다. 교실 창문으로 노쇠한 은사님을 보고 반가움도 잠시, 주인공은 곧바로 돌아서서 황급히 학원을 빠져나간다. 동행했던 사진기자가 뒤따라오며 왜 그러냐고 이유를 묻지만, 주인공은 입을 굳게 다문 채 멀어져간다.

은사님은 일본어를 가르치고 있었다.

*

드디어 초고를 넘긴다. 블로그에 있는 글을 추리고 다듬으면 금방 끝날 거라고, 참으로 쉽게 생각했다. 무식하면 용감하다. 모든 일은 생각보다 훨씬 오래 걸린다. 블로그에 쓴 글은 수정도 쉽고 생각이 바뀌면 삭제도 가능하지만, 고칠 수 없는 인쇄물이 된다니 손끝이 파르르 떨린다. 펄프가 되는 목재의 생장 시간과 종이 본연의 가치까지 생각하면, 나무 학살자가 된 듯한 죄책감까지 생긴다. 그저 여러 사람의 마음에 닿기 위해 진심으로 썼다고 변명하는 수밖에.

그러나 하필 틀어놓은 유명 팟캐스트의 진행자가 자기는 작가가 진심으로 썼다는 말을 좋아하지 않는 다며, 책을 진심으로 안 쓰는 사람이 어디에 있냐고 말해서 얼굴이 화끈거린다. 급히 파일을 열어 '진심' 이라는 단어가 들어가기 쉬운 에필로그와 프롤로그 부분을 다시 읽어본다. 다행히 '진심' 어쩌고 하는 단어는 없다. (후에 남편이 ctrl + f라는 단어 찾기 기능이 있다고 알려준다.)

대표에게 메일을 보냈다고 알린다. 수고 했다고, 확인하겠다는 답장이 곧바로 날아온다. 나는 시간마다 보낸 메일함에 들어가 수신 확인을 눌러 보지만, 대표는 오래도록 열어보지 않는다. 내 원고가 궁금하지도 않은가? 처음에는 성질이 났다가 점점 내게 아예 기대가 없는 건가 하는 예민한 반응으로 이어진다. 문득 저명한 작가가 했던 말이 생각난다. 자기는 편집자의 마음에 들기 위해 글을 쓴다고. 엉뚱한 얘기라고 생각했는데 내가 지금 누구보다 편집자의 마음에 들고 싶다. 부디 대표의 마음에 들었으면, 무사히 책으로 나왔으면 하고 바란다. 원고를 보내놓고 나면 시원할 줄 알았는데 조바심만 더 커진다(진주목걸이 작가도 초고를 편집자에 보낸 후가 제일 떨린다고 했다).

대표가 메일을 열어본 걸 확인하고 나서야 마음이 놓인다. 재미있어요, 라는 메시지를 기대하지만 역시나 아무런 반응이 없다. 자축의 의미로 맥주 한 캔을 얼음 잔에 따라 마신다. 사실 축하의 뜻보다는 민망함을 잊고 싶은 마음이 크다.

*

원고를 보내고 나니 할 일이 없어 여유로우면서도 허전하다. 글을 쓰는 동안 행복했다. 공부도 못했고 컴퓨터 다루는 머리도 없었다. 그저 그런 대학에 갔고 전공과는 상관없는 직장에 다녔다. 결혼해서는 살림조차 야무지게 못 하는 쓸모없는 사람이라 생각하고 살았다. 나이 오십이 다 되어서야 작은 재능 하나를 찾았다. 처음으로 기뻐서 한 일이었다. 잠을 설치고 목이 뻐근해져도 힘들지 않았다. 나는 왜 이렇게 밖에 못 쓰나, 작문 공부를 열심히 할 걸 하고 책상에 머리를 박은 적도 많았지만, 자나 깨나 머릿속은 글 쓰는 일뿐이었고 그저 진심으로… 아, 이건 지우고.

교정지가 얼른 왔으면 좋겠다.

*

둘째 아이가 들려준 이야기에 배꼽 빠지게 웃는다. 그 이야기는 이런 것들이다.

사람들은 환경 파괴로 인한 기후변화로 지구 전체가 위험해진다는 얘기는 안 믿으면서, 문지방을 밟으면 재수가 없다거나 마지막 음식을 먹으면 살찐다는 이야기는 찰떡같이 믿는다(왠지 세진이 생각난다).

서양 사람들은 죽으면 천국에서 반려견과 뛰어놀고 한국 사람은 불지옥에 끌려가 죗값을 치른다.

쟤가 나 좋아하나? 설레면 헛발질이고, 저 새끼가 나 좋아하나? 불안하면 사실일 확률이 높다.

*

남편이 무서운 얘기를 한다. 내가 밤중에 빈 벽에

고개 숙여 인사를 하고 어느 날은 어둠 속에서 콩콩 뛴다는 것이다. "꿈을 꾼 거겠지, 겁주려고 지어내지 마." 꿈이 아니란다. 한 번도 아니고 여러 번 봤다고 한다. 잠결이거나 술에 취한 날이었지만, 결코 꿈은 아니었단다. 말도 안 돼, 하면서도 소름이 돋는다.

오늘 새벽에 산책하려고 옷을 입는데 자던 남편이 "으어어" 하며 일어난다.

"바, 방금도 그랬어. 내가 봤어."

에라이, 욕이 절로 나온다. 작아진 바지에 들어가려고 콩콩 뛰는 것이고, 브래지어 착용 후 상체를 숙여 군살을 정리하는 것이다.

*

교정이 왜 이렇게 오래 걸리는지 모르겠다. 철학이나 과학 논문도 아니고, A4용지 백 매 분량은 두어 시간이면 읽지 않나? 갑자기 몰려드는 불안. 설마 손도 댈 수 없을 정도로 원고가 엉망이거나, 생각했던 기획과 방향이 달라 다시 쓰라고 어떻게 말해야 할지 고민 중인 것일까. 그러나 어디에선가 읽은, 편집자는 당신의 원고만 쳐다보고 있지 않다는 문장을 떠올리며 조급함을 물리친다.

세진은 고향인 대구로의 출타가 잦다. 부모님 건강이 안 좋은 걸까. 연락해 봐야겠다.

*

강남의 백화점에서 약속이 있어 긴장한다. 인터넷으로 교통편을 여러 번 확인하고 가진 것 중에서 제일 깨끗하고 좋은 옷으로 골라 입는다. 평소의 후줄근한 차림과 별반 없는 모양새에 낙담한다. 강남의 화려하고 번듯한 사람들 사이에서 혼자 촌닭 같을 내 모습을 생각하니 우울해진다. 상대편의 사정으로 약속 취소 메시지가 오지 않을까 집을 떠나기 직전까지 기대한다.

백화점을 못 찾을까 봐 서둘렀더니 한 시간이나 일찍 도착한다. 절대 두리번거리지 말자고 되뇌었건만 바닥부터 천장까지 이어진 화려한 장식에 상모돌리기 수준으로 고개를 돌리고 만다. 다행히 평정심을 유지하려고 애쓴 덕에 카페로 올라가는 에스컬레이터를 어렵지 않게 찾는다. 약속 장소는 무려 명품관의 위층에 있다. 커피가 한 잔에 (또) 이만 원씩 하는 거 아닌가, 걱정한다.

아직 개점 시간 전이라 에스컬레이터는 작동하지 않고, 줄이 있어 나도 그 끝에 선다. 내 앞에 선 가족을 보며 일요일 오전부터 참 부지런하다고 생각하다가 그들의 옷차림을 주시하게 된다. 내 또래의 엄마와 아빠, 고등학생으로 보이는 여자애인데 부티가 철철 흐른다. 부인은 볼륨을 준 머리에 명품 가방을 들었고, 남편도 부드러운 셔츠와 윤이 나는 구두, 값이 나가 보이는 시계를 차고 있다. 일년내내 가판대 청바지와 아웃렛 운동화, 샤오미 시계를 차는 우리 남편이 생각나 급히 울적해진다. 특히 우리 딸내미와 비슷한 나이로 보이는 여자애가 아마도 '샤넬'인 듯한 투피스를 입고 있어 눈을 뗄 수 없다. 인터넷에서 최저가 옷을 검색하는 우리 아이가 생각나 슬픔이 찾아온다.

눈물이 나오려는 찰나 에스컬레이터 작동이 시작되고 검은 양복을 입은 키 큰 경호원이 길을 내준다. 왜 그래야 하는지는 모르겠지만 다들 뛰기에 나도 에스컬레이터의 계단을 서둘러 오른다. 2층은 명품관이다. 내 앞에 있던 가족은 뛰어서 에르메스 매장 앞에 줄을 선다. 말로만 듣던 '오픈런'이구나. 사람들은 2층에서 모두 내리고 나만 위층으로 올라간다.

다행히 커피는 비싸지 않다. 따뜻한 커피를 앞에 놓고 약속 상대를 기다린다. 왠지 서글픈 기분이 들어 커피마저 사치가 아닌가 하는 생각에 씁쓸해진다. 내 앞에 있던 가족은 공동구매 같은 건 모르겠지, 옷보다 가격표를 먼저 보지도 않겠지. 집주인에게서 문자가 오면 가슴이 내려앉거나 방학 특강 한다는 안내문이 오는 게 두렵지 않겠지. 대용량 샴푸와 고급 샴푸 사이를 고민하지도 않겠지, 하다가 별안간 이어진 공상에 웃음이 터진다. 그것은 탈모 방지와 발모 기술에 관한 생각이다. 머리카락이 안 빠지거나 새로 나게 하는 기술은 전 세계적으로 연구 중지되어야 한다(치료용만 허용하자). 발모 기술이 개발되면 부자들만 비싼 약을 먹고 머리숱이 많아질 것이다. 서민이나 빈자들은 먹고살기도 힘든데 머리카락 따위에 돈을 쓸 수 없어 점차 빈 머리가 될 것이다. 부자가 대머리일 수도, 빈자가 풍성한 머리칼일 수도 있는 지금의 세상이 공평하다. 기술이나 돈으로 머리숱을 제어하는 세상이 와선 안 된다고 생각한다.

(터무니없지만 왠지 인기를 얻을 듯한) 이 공상의

시작은 내 앞의 가족이 빈 머리였기 때문이다. 남편은 대머리고 부인도 머리에 힘을 잔뜩 주었지만, 머릿속이 훤히 들여다보인다. 남의 자식에게는 미안하지만, 엄마 아빠를 닮아 딸내미도 머리숱이 없어 비 맞은 요크셔테리어 같았다. 부자도 머리숱은 어쩔 수 없다. 우리 딸내미가 머리칼은 훨씬 많다는 사실에 기분이 좋아진다. (부자들은 다 대머리였으면 하는 소원을 정월대보름에 빌기로 한다.)

*

잡초가 무성하고 돌멩이만 굴러다니던 공터에 고랑이 파지고 돌담이 생긴다. 황무지였던 땅에 작은 모종이 줄을 짓더니 머지않아 채소들이 탐스러운 존재감을 뽐낸다. 상추와 치커리가 자라고 오이와 가지가 크는 걸 본다. 나무 지지대가 세워지더니 포도 덩굴에 초록 알맹이가 달리는 걸 보고는 감탄한다. 자연도, 사람도 대단하구나!

지날 때마다 포도송이에 눈길이 간다. 콩알만 했던 알맹이가 구슬만큼 커지고 배추벌레 같던 빛깔이 먹음직스럽게 보랏빛으로 익는다. 하얗게 분칠하고 단내를 뿜내는 녀석도 보인다. 침을 꼴깍 삼킨다. 손을 뻗으면 닿는다. 포도밭으로 넘어가는 건 일도 아니다. 풍년이 들어 포도 한 송이쯤 사라져도 아무도 모를 것이다. 그러나 어떤 보이지 않는 힘이 손을 뻗지 못하게 한다. 내 포도가 아니고 내가 키운 게 아니라는 양심, 누가 지켜보고 있을지도 모른다는 두려움이 포도 서리를 생각에 그치게 한다.

"저 포도는 익지 않은 신 포도일 거야, 매연을 뒤집어써서 더러울 거야, 농약을 많이 뿌렸을 거야."

포도를 탐내지 않을 이유를 꼽아가며 손을 거둔다.

한강이 보이는 아파트에 살면 우울해진대, 돈 잘 번다는 저 집 남편은 성격이 괴팍할 거야, 공부 잘하는 그 집 아이는 인성이 안 좋을 거야. 시댁이 많이 도와준다며? 그만큼 간섭이 심할 거야. 우리 나이에 저런 몸매? 빵을 안 먹어서 히스테리 부릴 거야.

나의 신 포도들이다. 사실은 단물 쭉쭉 나는 꿀 포도라는 것을 모르고 싶다.

197

*

　1차 교정을 끝냈다는 연락을 받는다. 문서로 작업해서 보낼까요? 하기에 직접 받으러 가겠다고 답한다. 오미자 물이 든 듯 붉은 원고에 내 얼굴이 화끈거린다.

　"왜 이렇게 빨개요? 고칠 게 그렇게 많아요?"

　속은 불타오르지만 아무렇지 않은 척 묻는다.

　"아니에요, 원래 그래요. 제 의견을 덧붙였을 뿐 수정하고 안 하고는 작가님 마음이에요."

　대표가 무안한 내 마음을 달래준다. 대표의 남편은 전체적으로 재미있고 감동적인 부분도 있다고 칭찬을 연거푸 하더니 단, 글의 메시지가 명확했으면 좋겠다고 말한다.

　"글의 메시지요? 무슨 메시지요?"

　"작가가 독자에게 전달하고 싶은 의미요." 그가 답한다.

　글의 메시지까지는 생각해 본 적이 없어서 당황한다. 갑자기 미영이 말한 아르바이트 구하는 요령이라든가, 실수 없이 계산하는 법 등을 추가해야 하는건가 생각한다. 그 말을 듣고 있던 대표가 "아니에요,

작가님. 의미 같은 거 없어도 돼요. 그냥 작가님이 느끼는 그대로를 솔직하게 써주는 게 제일 좋아요. 의미는 독자가 느끼는 거지, 작가님이 굳이 불어넣지 않아도 돼요"라고 말해 내 마음을 산다.

교정지를 받아 돌아오며 드는 생각. 에세이는 그때그때 떠오르는 생각이나 느낌을 적은 글 아닌가. 의미가 명확했으면 좋겠다는 대표 남편의 말보다 의미는 독자가 느끼는 거라는 대표의 말이 에세이의 정의에 더 가깝다고 생각한다. 그러나 갑자기 《작가의 마감》이라는 책에서 본, 다자이 오사무가 들었다는 누군가의 목소리가 내 귓가에도 들리는 듯하다.

"무슨 말을 해도 당신, 결국은 자기변호잖아."

*

출판사 대표와 그의 남편에게서 재미있는 점을 발견한다. 늘 바빠 보이는 대표에게 비교적 한가해 보이는 남편이 뭔가를 계속 지시한다. 대표가 나와 미팅 중이거나 다른 업무를 보고 있는데도 "여보, 거래

처에 전화 좀 해", "저번에 내가 말한 거 좀 알아봐"
하고 끊임없이 일을 시킨다(왜 저러는지 모르겠다).
대표는 집중하느라 화면에 눈을 못 떼면서도 "응, 알
았어" 하고 답한다. 처음에는 대표만의 일인가? 했다
가 점점 드는 의문. 자기가 하면 되지 않나? 앉은 자
리에서 물 가져와라, 재떨이 가져와라, 티브이 9번으
로 돌려 봐라 하던 고리타분하고 가부장적인 옛날 아
버지의 모습이 연상된다.

*

편집자란 원고의 오탈자만 수정하는 사람인 줄 알
았다. 맞춤법 교정은 기본이고 글의 분위기와 목적까
지 상의해서, 같이 책을 만드는 게 편집자의 일인 줄
이제 알았다. 내가 감정에 치우쳐 편협한 글을 쓰거
나 삼천포로 빠져 글과 상관없는 말들을 늘어놓을 때
글의 방향을 바로잡아 주는 사람도 편집자다.

대표와 그의 남편이 작성한 교정지를 각각 읽는다.
대표는 이야기가 풍부해 여러 개의 에피소드로 뽑아
도 되겠다는 칭찬을 먼저 하고, 글의 도입이 길다는

단점을 짧게 덧붙인다. 여러 권의 책을 출간한 편집자답게 노련하다. 글을 나누고 서두를 쳐낸다. 빼고 보니 더 간결해진 이야기가 마음에 든다.

그러나 대표 남편의 교정지를 읽으면서는 고개를 여러 번 기웃거린다. 내 입으로 말하기엔 쑥스럽지만, 내 인기의 핵심인 유머가 담긴 문장에 줄이 그어져 있거나 물음표가 달려 있다. 내 촌철살인 같은 개그가 웃기지 않다는 말인가? 나는 내가 쓰고도 읽을 때마다 재미있어 죽겠는데 어째서 이 부분에 물음표가 달려 있는지 모르겠다.

'20대에는 남자 주인공이 웬 할아버지야 하고 실망했는데 내가 프란체스카의 나이가 되고 보니, 역시나 아직도 단발 할아버지다. 알 수 없는 할리우드의 세계.'

《다정함은 덤이에요》, 봉부아

*

대표의 남편이 없는 틈을 타 대표에게 묻는다.

"바깥 사장님이 여기에 빨간 줄을 그어놓았는데 대표님도 같은 생각이세요? 물음표가 달릴 정도로 이해가 안 가고 재미없어요?"

막상 일러 놓고는 아차 싶다. 대표가 나와는 편집자와 작가라는 특별한 관계에 있기는 하지만, 대표의 남편과는 한 이불을 덮고 자는 사이가 아닌가. 팔은 안으로 굽는다고 내 질문에 불쾌해하면 어떡하지, 뒤늦게 후회한다. 대표의 미간이 찡그려지는 듯해 내 가슴이 더 졸아든다. 대표가 몸을 내 쪽으로 기울여 작게 말한다.

"저 사람 말은 흘려들으세요. 원래 노잼으로 유명해요."

웃음이 빵 터진다. 내 유머가 나만 재미있나 하는 치명적인 고민을 단번에 날려 준다. 일전에 대표의 남편이 가부장적인 모습을 보여 마음에 들지 않았는데 나름대로 힘의 균형을 맞추고 있구나, 하는 기분 좋은 깨달음을 얻는다.

대표와 내가 눈을 맞추며 웃고 있는데 대표의 남편이 들어온다.

"두 분이 뭐가 그렇게 즐거우세요? 혹시 제 흉본 건 아니죠?"

재미는 없는 편인데 감은 기가 막히게 좋다. 그러

더니 대표에게 하는 말.

"오늘 입고 될 도서 리스트 좀 찾아줄래?"

대표는 응, 하더니 남편을 쳐다보지도 않고 나와 원고에 관한 이야기를 이어간다. 마음이 베개 솜처럼 가벼워진다.

*

저녁 식사 자리에서 옆집 개구쟁이가 슈퍼맨 흉내를 내다가 다쳤다는 소식을 전한다. 식구들이 한목소리로 꼬마를 걱정한다. 나는 우리 첫째를 들먹이며 얘는 아기 때부터 조심성이 많아서 입술 한 번이 터진 적이 없다고 떠들어댄다. 식구들의 표정이 썩는다. "엄마, 설마 이런 걸 자랑이라고 말하고 다니지는 않지?" 첫째가 묻는다. 내가 그 정도로 눈치가 없지는 않다고 답한다. 남편이 자기는 매일 무릎이 까지고 팔에 피나는 건 일상이었다고 무용담처럼 떠들어대서 꼴 보기 싫어진다.

"그런데 나 여기는 왜 꿰맸지? 피가 많이 나고 울었던 기억이 있어."

첫째가 손가락 사이의 흉터를 보여준다. 상처와 기억이 남아 있는 게 놀랍다. 첫째 아이가 두 돌 지나 아장아장 걸을 때 우리 집 가파른 계단에서 순식간에 뒤로 넘어져 굴렀다. 나는 둘째를 임신 중이어서 행동이 굼떴다. 얼핏 봐도 피가 낭자해 비명만 질렀다. 건너편 중국집 배달 삼촌이 달려와 아이를 안고 정형외과로 뛰었다. 머리를 다쳤을까 봐 무서웠는데 다행히 손가락만 찢어졌다. 마취도 없이 꿰맸고 애는 경기하듯 빽빽 울었다.

"은인이네, 은인."

이십 년이 다 되어가는 일인데 이제야 식구들이 배달 삼촌을 칭찬한다. 남편이 아이가 다친 일만 기억나고 누가 도와줬다는 얘기는 처음 듣는다고 말한다. 그럴 리가. 당신도 아이 걱정만 했겠지. 그분께 보답했냐고 묻는다. 피범벅이 된 옷값을 드리겠다고 했더니 어차피 버릴 옷이었다고 사양했다. 나는 그 말을 곧이곧대로 듣고 고맙다는 인사만 했다. 식구들이 한입으로 "너무했네"라고 말해서 억울해진다. 아니, 진짜 괜찮다고 했다고! 항변하지만 나도 후회된다. 옷값은 아니더라도 과일이라도, 담배라도 사다 드릴걸. 고마운 마음을 제때 표현하는 걸 잊지 말자고 다짐한다.

옆집 꼬마의 엄마가 시골에서 가져왔다며 감과 대

추를 줬는데 덥석 받고 고맙다는 말은 잊은 것 같다. 아이의 찰과상엔 뭐가 좋더라. 뜯지 않은 듀오덤 한 상자가 있는데 당장 갖다주려고 자리에서 일어난다.

*

1차 교정의 수정은 한 달 정도 걸린다. 잡일은 왜 이렇게 많고 글만 쓰려고 하면 무슨 일이 생기는지. 하찮은 집중력에 변명을 붙여본다. 또 고치거나 수정할 수 있는 기회가 줄어든다는 생각에 몇 번이고 읽는 바람에 오래 걸린다. 하지만 식구들이 모두 잠든 후에야 글을 썼다는 박완서 선생님의 일화를 떠올리면 사사로운 핑계가 과하다는 생각을 지울 수 없다.

*

일전에 대표의 남편이 나더러 겸손을 넘어 스스로 지나치게 과소평가하는 경향이 있다며 그러지 않아

도 된다고 말했다. 겉으로는 덤덤하게 그런가요? 하
고 말았지만, 속으로는 고마웠다. 사람은 격려와 지
지를 먹고 자란다. 사람을 문드러지게 하는 것도, 활
짝 피게 하는 것도 사람의 말이다.

그러나 갑자기 원고에 실린, 에둘러 표현했지만 읽
어보면 남 흉보는 게 뻔한 몇 가지 에피소드가 떠오
른다. 입으로는 힘을 주네, 용기를 주네 좋은 사람인
척하지만, 결국 성질대로 똥을 쓰고 있는 속내를 들
킨듯해 얼굴이 화끈거린다. 독자들이 모르지 않을까,
더 티가 안 나게 고쳐 볼까 하는 얄팍한 궁리를 하다
가, 무심코 펼친 책의 밑줄을 보고 화들짝 놀란다.

'경박한 마음으로 백지를 대해서는 안 된다.'
《유혹하는 글쓰기》, 스티븐 킹

*

내 글에 대한 대표와 대표 남편의 관심에 내가 특
별한 사람이 된 듯하다. 어느 에피소드를 얘기해도
"아, 그 문장이요?" 하며 바로 알아듣는다. 하도 읽어서 토가 나오고 달달 외울 지경이라는 그들의 농담에 행복을 느낀다. 자존감은 진정한 관심을 받을 때, 내가 그만한 가치가 있다는 느낌을 받을 때 채워지는 듯하다.

*

미진이가 'J 사건 2주기'라고 알려준다. 사랑만 받기에도 부족한 십 육 개월 아이가 양모로부터 학대만 받다가 세상을 떠났다. 벌써 이 년이 되었구나. 내가 J 양모의 엄벌을 촉구하는 탄원서도 보냈었다고 하자 미진이가 애정이 담긴 눈빛으로 나를 바라본다. 미진이는 탄원서뿐 아니라 J 사건 관련해 시위도 여러 날 나갔었다고 말해 세진과 나를 놀라게 한다.

"양모의 판결이 어떻게 났는지 알아?"

미진이 분기탱천한 눈빛으로 물어 여느 때와 다르게 보인다. "당연히 사형 구형 아냐?" 내가 자신 없게 답한다. 감정에 휩싸여 잠시 분노하고 눈물을 흘렸을 뿐, 또 금세 잊었다는 사실에 부끄러워진다.

"1심에서 무기징역 받았는데, 2심에서 35년 형 받

앉어." 미진이가 낙담한 듯 말한다. "말도 안 돼! 아이를 죽여 놓고 35년밖에 징역을 안 산다고?" 세진과 나는 이제야 펄쩍 뛴다. 미진은 마치 담당 검사라도 되는 양 사건의 개요와 판결까지 줄줄이 꿰어 말하며 경찰, 입양기관, 검찰에 대한 원망과 분노를 늘어놓는다. 미진은 감정이 격해지는지 "아이가 너무 불쌍하지 않니" 하며 눈물을 뚝뚝 흘린다. 미진이 사회와 아동 문제에 관심이 많았구나, 새삼 놀란다. 세진이 미진의 등을 토닥이고 나는 얼른 티슈를 가져온다.

"그래도 아동 학대는 점점 없어져 왔고, 사라지게 될 거야. 너무 슬퍼하지 마."

내가 조심스럽게 말한다.

"전혀 없어지지 않았어. 하나도 사라지지 않았다고! 누가 다치거나 죽으면 관심도 그때뿐이지, 다 금방 잊히고, 아이들은 계속 학대당하고 있어."

나는 위로하려고 한 말인데 날벼락을 맞는다. 세진의 눈도 휘둥그레진다. 나는 내가 그랬냐고, 왜 나한테 소리 지르냐고 따질까 하다가, 왠지 그러면 안 될 듯해서 참기로 한다. 미진은 허겁지겁 눈물을 닦더니 발갛게 된 눈을 들어 나를 보며 "미안해. 내가 감정이 너무 격했지" 하고 사과한다. 지킬과 하이드인 줄 알았어, 라고 말하려는데 그다음 미진의 말에 세진과 나는 돌덩이가 된 듯 몸이 굳어진다.

"나도 계부한테 오랫동안 학대받았어. 이틀이 멀도록 구타당했지만 도와주는 사람은 아무도 없었어."

입술이 검게 변한 것도, 눈의 실핏줄이 수시로 터져 왼쪽 눈의 시력이 약해진 것과 그 옆의 흉터도 계부의 폭행 때문이라고 했다. 눈 옆의 상처는 몰랐다. 자세히 들여다보니 눈 가까이 꿰맨 자국이 있어 하마터면 큰일 날뻔했다고 생각했다. 가차 없는 발길질이었다고 한다.

"저녁나절에 맞고 나면 다음 날 미안하다며 용돈을 줬어. 발길질이 시작되면 내일 돈이 생기겠구나, 생각했어. 매 맞고 옷을 사고, 또 맞고 음반을 샀어. 나는 파운데이션으로 멍 자국을 가리면서 사랑 노래를 들었어. 내게도 사랑 같은 게 고민이 되는 날이 올까 생각했어. 왜 주변에 도움을 요청하지 않았느냐고, 엄마는 뭐 했냐고 묻지 마. 엄마도 맞았으니까."

나는 미진을 끌어안는다. 옷에 스며드는 미진의 눈물이 뜨겁다. 고생 많았어. 잘 자랐네, 우리 미진이. 입술 화장을 진하게 하는, 말을 조리 있게 하고 정이 많은 미진 안의 어린 J도 끌어안는다.

그날 밤, 어릴 적에 보았던 티브이 프로그램이 꿈

에 나온다. 〈환상 특급〉이라는 시리즈 중 한 편이다. 어느 남매가 동물원처럼 생긴 곳에 들어간다. 유리 벽 안에 갇힌 부모들이 자기를 선택해 달라고 애원한다. 매일 야구하고 책 읽어줄게. 같이 요리하고 주말마다 소풍 가자. 아이들은 부모들의 공약을 들으며 즐거워하다가 어느 유리 벽 앞에 선다. 무관심하고 차가웠던 친부모가 유리창에 매달린다.

얘들아! 엄마 아빠 여기 있어. 제발 우리를 데려가 줘. 우리가 너희한테 얼마나 잘해줬니. 아니, 잘못했어. 이제 진짜 잘할게.

친부모는 절규하지만, 아이들은 부모가 늘 그랬듯 차갑게 돌아서서 제일 다정하고 잘 놀아줄 것 같은 부모의 손을 잡고 밖으로 나간다. 친부모는 누구의 선택도 받지 못한 채 영원히 유리 벽 안에 갇힌다.

따뜻한 입맞춤을 느껴본 적 없는 아이를 위해 기도한다. 엄마의 젖가슴과 아빠의 포옹을 모르는 아이를 위해 기도한다. 짧았던 숨은 잠시 악몽이었다고 생각하고 다음에 태어나면 매일 안아주고 노래 불러주는, 너를 자신의 목숨보다 더 사랑하는 부모를 만나렴. 다시 축복받으며 태어날 J를 위해 기도하고 기도한다.

*

    현관문이 묵직하게 밀린다. 내가 잠결에 또 무엇을 주문했나 떠올려 보지만 기억나지 않는다. 김치통이 있다. 세진이가 왔다 갔구나. 김장하러 친정에 간다더니 서울에 오자마자 우리 집에 들렀나 보다. 나도 사과 한 상자를 싸게 사서 몇 개 나눠 놓고 엊그제산 멸치도 덜어 놓긴 했는데, 세진이 가져다 놓은 큰김치통을 보니 내 손이 작아 부끄러워진다. 핸드폰에세진의 메시지가 있다.

    "문 앞에 김치 뒀어. 올해는 친정엄마가 힘들어서김장을 조금밖에 못 했어. 많이 못 줘서 미안해. 내가동치미 만들면 더 갖다줄게."

    엄마도 아니고 친언니도 아니면서 왜 나를 울릴까.

많이 쥐고 있다고 부자가 아니고 목소리가 크다고 승자도 아니다. 나는 내 식구 먹인다고 남들에겐 인색하기만 한데 늘 나눠주고도 더 주지 못해 미안해하는 사람 앞에선 언제나 배를 내놓고 항복하는 강아지가 된다. 비닐 매듭을 풀러 사과를 둘, 세 개 더, 멸치를 넷, 다섯 움큼 더 넣는다. 세진은 되려 "너나 먹지, 뭘 이렇게 많이 줘. 볶아다 줄까?" 하고 물을 것이다. 나는 네가 김치를 줘서 이러는 게 아니라고, 원래부터 잔뜩 덜어 놨다고 말하고 싶은데 왠지 멸치만큼 짠 내 속도 다 들키고 말 것 같다.

*

미영이 자기 지인의 결혼식에 가자고 한다. 모르는 사람 결혼식에 내가 왜 가니. "축의금도 많이 내는데 밥은 먹고 와야 할 것 아니야. 같이 가자. 혼자 밥 먹기 싫어." 미영의 앙탈에 넘어가기로 한다. 꼭 특급 호텔에서의 예식이라 가겠다는 건 아니고.

로비에서 인사하는 신랑이 키도 크고 인물도 좋아 내가 흐뭇하다. 미영이 신랑 부모에게 깍듯이 인사하는 걸 보니 꽤 어려운 사람인가 보다. 식이 시작되고 신랑 신부가 입장한다. 주례사 대신 양가 부모님 말씀과 신랑 신부의 편지 낭독이 이어져 신세대의 결혼 문화에 감탄한다. 대형스크린이 내려오고 신랑 신부의 사진 영상을 시청한다. 신랑의 옷마다 파란 동그라미가 눈에 띄어 삼성에 다닌다는 걸 알아챈다. 그래 삼성이면 티 내고 싶어 할 만하지, 괜히 부러워진다. 그러다 '삼성을 위해 일하고 있습니다'라는 자막이 나와 웃음이 터지려는 걸 간신히 참는다. 개그야 뭐야. 주위를 둘러보지만 다들 감탄하는 듯 엄숙한 분위기다. 어쩐지 기분이 점점 나빠지고, 신랑 신부가 직장동료와 기념사진을 찍는 모습에서 내 감정의 이름을 알아챈다. 질투. 윤기 흐르는 얼굴에 고급 양복을 입은 신수 훤한 모습들에 질투를 느낀다. 누가 봐도 배알이 꼴려서 그러는 건데, 내가 '삼성을 위해 일하고 있습니다'라는 유치한 말 따위를 할 일은 없기 때문이다.

올바른 생각으로 성실하게 살면 되는 거지 명함이 뭐가 중요해, 하면서도 결혼식이나 동창회에 가면 나도 모르게 줄이 세워진다. 정작 누가 잘 나가네, 못 사네 서열을 매기고 있는 건 나뿐인가 하는 못난 생각이 든다. 콤플렉스나 자격지심은 남이 주는 게 아니라 자기가 스스로 채우는 족쇄라는 말이 생각난다. 나는 데이비드 카퍼필드도 이은결도 아닌데 내 몸에 묶인 쇠사슬을 평생 얼마나 풀고 풀어야 할까.

"삼성 다니는 것들은 꼭 저렇게 티를 내요. 여기 삼성 집안이야. 아버지도 형제들도 전부."

미영이 내 귀에 속삭인다. 나는 의중을 들킨 듯 부끄러워진다. 아무래도 우리가 친구가 맞는 것 같다.

집에 돌아와 욕실에 들어간다. 새로 장만한 세탁기가 눈에 들어온다. 십 개월 할부를 언제 다 갚지, 라고 한숨 쉬다 드는 생각. 아, 나도 삼성을 위해 일하는구나.

*

그토록 기다리던 날이다. 안 올 것 같지만 버티고 버티다 보면 오는 남편의 급여 날. 학원비와 보험비, 월세, 공과금, 대출금을 제하면 얼마만큼의 생활비가 남을지 헤아리느라 머릿속이 분주하다. 남편의 야근 수당이 얼마나 나올지 기대한다. 여윳돈이 좀 생긴다면 내 옷도 사고 머리 염색도 하고 싶다(글 쓰느라 골

머리를 앓아서 그런지 흰머리가 봄날 쑥 나듯 무섭게 올라온다). 남편이 출근하자마자 월급 명세서를 보내온다. 염색은 다음 달에 하고 옷 구매는 다다음 달로 미루기로 한다. 남편에게 감사하다는 메시지를 보낸다.

남편이 일찍 귀가한다. 한 달에 한 번 남편을 환대하는 날이다. 남편에게 허리 굽혀 인사하고 가방과 외투를 두 손으로 받는다. 오늘만큼은 시답잖은 농담에도 까르르 웃어주고 고까운 소리에도 시비를 가리지 않는다. 나름의 월급날 이벤트인데 남편은 퇴직 후 자기가 돈을 안 벌면 내가 어떻게 변할지 두렵다고 한다. 나도 겁난다.

기분이 좋아진 남편이 중식 요리를 사겠다고 한다. 보통은 짜장면 두 개와 작은 탕수육 하나를 주문해 넷이 나눠 먹는데 오늘은 통 크게 여러 가지를 주문한다. 깐풍기, 잡채밥, 볶음밥, 짬뽕과 짜장면까지 시킨다. 서비스로 군만두까지 와서 식탁이 꽉 찬다. 아이들이 잔칫날 같다고 좋아하고 계산서를 보던 남편은 물가가 이렇게 많이 올랐냐며 조금 전의 호기를 후회하는 듯한 표정을 짓는다. 나는 양을 가늠하느라 눈치 보지 않으며 먹어서 오랜만에 여유롭다.

딸내미가 면만 건져 먹어서 짜장 소스가 그대로 남

는다. 나는 냄비를 가져와 짜장을 붓는다. 식구들의 눈이 동그래진다. 나는 고기며 양파가 아까워서 그런다고, 한번 끓여 두면 내일 먹어도 상관없다고 말한다. 남편은 나의 알뜰함에 감동한 표정을 짓고 아이들은 나의 궁상맞음에 충격받은 얼굴을 한다. 볶음밥에 딸려온 짬뽕 국물도 그릇에 덜고 남은 잡채밥과 깐풍기도 우리 접시로 옮긴다. "나는 절대로 안 먹어." 아이들이 질색한다. 저것들은 거지 깡통 줄을 좀 차봐야 해, 물자 귀한 줄을 몰라. 속으로 흉본다. 집에서 끓인 찌개도 사흘을 먹는데 배달 음식에 왜 깐깐하게 구는지 모르겠다.

다음날 짜장 소스에 양파도 넣고 볶아 짜장밥을 만들어낸다. 짬뽕 국물도 함께 내니 근사한 한 끼 식사가 된다. 남편과 오붓하게 마주 앉는다. 남편이 나의 알뜰함을 칭찬해주면 좋겠는데 짜장이 짜다고만 얘기한다. 생양파 옆에 있던 춘장이 아까워서 조금 넣었는데 기가 막히게 알아챈다. 얼른 물을 갖다주고 다음 달에는 야근을 좀 적극적으로 해보면 어떻겠냐고 말할 타이밍을 찾는다.

*

집에 고양이가 있다고 하면 귀여움에 까무러치는 생활을 상상하겠지만(물론 맞는 말이다) 고양이랑 산다는 것은 날리는 털과 함께 산다는 것이다. 마치 귀여움과 털은 정비례한다는 걸 증명하듯 집 안 구석구석이 털로 가득 차 있다. 매일 쓸고 닦아도 다음 날 소복이 쌓인 털을 보면 과연 내 기관지는 안전한가 하는 의문이 든다. 혹시 누가 고양이와 호흡기 중 무엇을 지킬래? 하고 묻는다면 집사들은 백 번이고 만 번이고 고양이라 답하겠지만, 나는 "글쎄"라며 고양이가 들으면 매우 서운한 답을 할지도 모르겠다. (첫째에게 약한 고양이 알레르기가 있다. 고양이가 아이의 무릎에 오래 앉으면 가렵기 시작한다. 고양이보다 아이를 먼저 지키고 싶은 마음은 집사로서 자격이 없는 걸까.) 오늘도 이불을 터는 일로 하루를 시작한다. 이불을 털 때마다 고양이 털이 휘날리는 걸 본다. 공기 청정기도 내내 가동하고, 청소기도 돌리고, 틈날 때마다 부직포 걸레로 고양이 털을 모으러 다닌다. 특히 첫째 아이의 방은 신경 써서 청소한다.

누가 나에게 고양이를 키워 좋은 점이 뭐냐고 묻는다면, 고양이의 귀여움에 녹아 좀 더 다정한 사람이 되었다는 것과 가축이 아니라 동물의 삶에 관심을 가지게 되었다는 것, 고양이와 아이 둘 다를 지키기 위해 부지런한 사람이 되었다고 말하겠다. 물론 지금은 청소기와 걸레까지 꺼내놓고 다른 짓을 하고 있지만 말이다.

*

남편이 다이소에 코털 정리기를 사러 간다고 한다. 오천 원짜리가 쓸만하냐고 물었더니 싼 만큼 아픈 건 감수해야 한단다. 처량한 얼굴로 말해서 내 동정심을 자극한다. 나는 충동적으로 하이마트에서 메이커 코털 정리기를 산다. 좀처럼 옷 얘기를 안 하는 첫째가 마네킹이 입은 차림이 멋있다는 말에 괜한 호기를 부려 기어이 세트로 입혀 준다(할인매장인 줄 알고 자신 있게 들어갔는데 지난달부터 일반 매장으로 전환되었다고 한다). 용돈을 다 써서 친구들과 놀러 못 간다는 둘째의 말에 돈보다 중요한 건 추억이라며 추가 용돈을 지급한다.

우발적이고 계획적이지 못한 소비 탓에 늘 돈에 허덕인다. 가계부는 만성 적자에 시달린다. 월초에는 치킨 야식도 자주 사는 너그러운 엄마지만 월말에는

뱃속에 거지가 들었냐며 버럭 화를 내는 난폭한 엄마
다. 남편이 먹고 싶다는 게 있으면 노, 라고 하기 싫
어서 장을 봐온다. 아이들이 필요하다는 것도 이왕이
면 사주려고 한다(방만해 보여도 우리 형편에서 크게
벗어나지 않는 수준으로 고만고만하다). 충동적인 소
비 패턴에 필요할 때 돈이 없어 난감한 적이 한두 번
이 아니지만, 영원히 못 고칠 듯하다.

　욕망은 접어 두고 필요에 집중해야 부자가 된다는
데, 반대로 살고 있다. 책장이 필요하고 머리를 해야
하고 베갯잇을 사야 하는 필요는 뒤로 하고, 남편과
한밤중의 포장마차 데이트, 아이들이 들어가 보고 싶
어 하는 카페나 체험 활동에 돈을 쓴다. 안 해본 일에
돈을 쓸 때 기분이 좋다. 맨날 가던 데 말고 조금 더
좋은 곳에 갈 때, 쓰던 것보다 조금 더 나은 물건을
살 때 만족감이 높아진다. 내가 나를 넘어선 듯한 기
분이 든다. 매일 무난한 달걀구이를 먹는 대신 오늘
스테이크를 먹고 내일 물에 밥을 말아 먹는 삶을 살
겠다. 순간순간의 기분과 욕구에 따르는 내 소비 패
턴이 마음에 든다. (이래서 가난에서 못 벗어나는가
하는 불안은 잊기로 한다.)

*

졸음이 와서 일찍 눕는다. 남편에게 등을 좀 만져달라고 요청한다. 남편이 맨살을 쓸어주는데 에로틱하지 않고 찐득거린다. "등이 왜 끈적이지?" 남편의 의아한 목소리에 "더워서 땀이 났나 봐" 하고 둘러댄다. "영하 십 도인데 땀이 났어? 어디 아파?" 남편의 손을 성급히 물리친다. 목욕탕에 가야겠다고 생각한다(마지막으로 간 게 언제더라).

유튜브를 보다가 잠드는 게 요즘의 낙이다. 추천영상을 클릭한다. 한 유튜버가 두바이의 5성급 호텔에서 칵테일을 마시며 노을을 즐기고, 또 다른 유튜버가 코스타리카의 에메랄드빛 바다에서 수영한다. 해외여행이 콘텐츠인 젊은 유튜버들이 마냥 부럽다. 눈치 보이는 상사도 없고, 무리하게 해내야만 하는 업무도 없이 자기 일정대로 움직인다. 비행기를 마을버스 타듯 하고, 아름다운 풍경 속을 걷고, 이국적인 음식을 먹으며 돈을 버는 그들의 삶에 샘이 난다. 영상을 끝까지 보지도 않고 나와 버린다('좋아요'를 누르지는 못할지언정, 방구석에 앉아서 질투와 신세 한탄만 일삼고 있는 내가 한심하기 그지없다). 아니다,

남의 일이라고 쉽게 말해서는 안 된다. 저들도 구독자와 조회 수에 연연하고, 인기라는 건 바람 같은 거라서 당장 내일도 기약할 수 없다며 불안할 것이다. 콘텐츠를 위해서 평생 떠돌아다녀야만 하는 고달픈 신세라는 고민을 떠안고 있을지도 모르겠다. 삶을 산다는 건 불안과 초조를 밑창에 깔고 내일로 걸어가는 것인가, 하고 괜찮은 어른인 척 애써 생각한다. 깊은 산 속 부러진 나무로 기둥을 세운 텐트 안에서 찬 바람을 맞으며 자거나, 혹한기 오지에서 오들오들 떨며 눈 녹인 물에 라면을 끓여 먹는 (개고생하는) 영상을 보고 나서야 마음의 평정을 찾는다.

　꿈속에서 나는 미국의 텍사스를 걷고 있다. 내가 왜 여기에 있지? 여행 유튜버라도 된 건가, 생각하는 찰나 말을 탄 카우보이가 내게 총을 쏘며 달려오고 반대편에선 인디언들이 손도끼와 화살을 던지며 뛰어온다. 미친 듯이 도망치다 돌부리에 걸려 넘어지고 난 죽었다, 하고 절망하는 순간 잠에서 깬다. 남의 일이라고 쉽게 말해서는 안 된다. 고생을 마다하지 않는 여행 유튜버들 덕분에 안방에 누워서 세계를 본다.

*

믿기지 않는 일이 일어난다.

세진이가 할 이야기가 있다고 해서 56번가 카페에서 만난다. 노래 가사처럼 무슨 어려운 말을 하려는지 뜸만 들인다. 나는 궁금해서 못 참겠다며 당장 말해 보라고 재촉한다.

"혹시 경제적인 문제인 거야? 보증은 안 되지만 돈은 빌려줄게. 얼마야, 얼마면 돼?"

세진은 웃지도 않고 고개를 젓는다.

"그런 게 아니야."

"그럼 뭔데. (저번에는 새 여자더니) 새 남자라도 생긴 거야? 혹시 둘째? 요새 나이 오십에 임신은 흠도 아니야."

세진이 고개를 또 젓는다. 얼마나 힘든 말이길래 눈치만 보는 거니. 심장이 불안으로 나대기 시작한다. 세진이 용기를 낸 듯 입을 뗀다.

"나 다음 달에 대구로 이사 가. 남편이 본사로 들어가면서 그렇게 됐어."

얘가 무슨 소리를 하는 거야. 농담하는 거지? 하나도 안 웃겨. 세진의 표정이 울 듯 일그러진다. 머릿속이 하얘진다. 진짜구나.

"다음 달에 간다고? 그걸 왜 이제 얘기해?"

화가 나는 건지 서운한 건지 아니면 둘 다인지, 목

소리가 높아진다. 카페 사장님이 놀란 눈으로 우리를 본다. 다른 손님이 없어서 다행이다. 내 얼굴이 시뻘겋게 달아오르고 세진의 얼굴도 붉어져 우리 둘 다 금방이라도 울 듯한 얼굴이 된다.

"본사로 들어가는 건 예정돼 있었는데, 그게 갑자기 빨리 진행됐어."

세진이 죄인처럼 말한다.

"주거지를 옮기는 게 쉬운 일인 줄 알아? 주말부부를 하는 건 어때? 내 동창 하나도 낯선 데 이사 갔다가 친구 못 사귀어서 우울증에 걸렸어. 수영이는 어쩌고? 수영이도 따라간대?"

세진이는 말없이 고개를 끄덕인다. 내가 화낸다고 되돌릴 수 있는 일이 아니라는 걸 깨닫는다. 맥이 풀려 소파 등받이에 몸을 털썩 기댄다.

"남편이 본사로 들어가면 좋은 거야?"

"이미 살 집도 알아봤고?"

다그치듯 묻는다. 그래서 대구에 자주 내려갔던 거구나. 친정에 가는 줄로만 알았지. 왜 진작 말을 안 했어. 아니, 내가 난리칠 게 뻔하니 못 할 법도 하지.

눈물이 툭 떨어진다. 곧 콧물까지 가세해 얼굴이 엉망이 된다. 세진이 일어나 티슈를 가져온다. 사장님이 나를 걱정스러운 눈빛으로 본다. 이성적으로 생각하려고 애쓴다. 우리가 아무리 자매만큼 친해도 아니, 자매도 떨어져 사는 마당에 세진이 남편을 따라가는 건 당연하다. 남편이 승진하는 것도, 친정 곁으로 가는 것도, 복잡한 서울에서 대구로 이사하는 것도 좋은 일인데 왜 내 입에선 축하한다는 말이 안 나오는 거지.

세진은 아이가 어릴 때 동네 놀이터에서 만나 사귀었다. 낯가리고 숫기 없는 내게 친언니처럼 다가와 열 번 곱하기 네 번의 계절과 그만큼의 생일을 같이 보냈다. 기쁜 날에도 슬픈 날에도 서로의 일기장인 듯 마음을 주고받았다. 얄미울 때도 질투할 때도 있었지만, 진심으로 미워하거나 화난 적은 없었다. 속 좁고 이기적인 나에게 항시 평온하고 너그러운 세진 같은 사람이 곁에 있어서 복 받았다고 생각했다. 이런 사람과 함께 늙어간다는 건 어디에서도 구할 수 없는 행운이라고 생각했는데, 이제 나의 운도 다했나 보다. 돈 주고도 못 얻는 귀한 보물이 내 곁에서 멀어져가려 한다. 눈물은 멈출 생각이 없다. 내내 안절부절하며 나를 지켜보던 세진이 내 옆으로 와서 손을 잡는다.

"세진아, 너 가면 나는 어떡해. 라면은 누가 끓여

줘."

나의 유치한 투정에도 세진은 눈물을 떨군다. 세진이 내 어깨를 끌어당긴다. 세진의 품에 얼굴을 묻자 섬유유연제 향기가 난다. 지금 이 모습을 카페 사장님이 뭐라고 생각할지 갑자기 궁금해진다.

"서울에 자주 놀러 올게. 너도 ktx 타고 와. 우리 집 커서 빈방 많아."

대구를 벌써 우리 집이라고 말하다니. 가슴에 못이 박힌다.

*

우울한 날들이 이어진다. 이별 여행이라도 하듯 거의 모든 시간을 세진과 또 미진과 함께 보낸다. 미진도 알고 있겠지만 내색하지 않는다. 각자의 일을 마치고 나면 별다른 일이 없어도 모인다. 세진과 우리 집, 또는 미진네를 오가며 차를 마시고 밥을 먹는다. 이제는 미진도 좋아하는 56번가 카페에서 라테를 마시고 공원을 걷다가 저녁 찬거리를 사러 시장에 간다. 평소와 다름없는 이야기들을 하지만, 이별이나 이사에 대한 단어는 모두가 피한다.

그나마 원고를 쓸 때 우울한 기분을 떨칠 수 있다. 문득 절친한 친구와 이별하는 이야기를 책으로 쓰면 어떨까 하고 구상한다. 남편에게 "두 중년 여성이 주인공인 이야기는 어때? 무슨 얘기일지 궁금하지 않아?" 하고 묻는다.

"동성애 이야기야?" 아니.

"알고 보니 둘이 친자매?" 아니.

"그럼 둘 중 하나가 점을 찍고 복수하거나(대체 왜) 미치는 건가?"

"아니. 기껏 상상하는 이야기가 다 왜 그래. 중년 여성의 우정에 관한 이야기라고."

"아, 영화 〈바그다드 카페〉 같은 이야기?"

"음… 굳이 빗대자면 〈델마와 루이스〉가 낫겠다. 보수적이고 억압된 환경에 살던 여성이 자신을 괴롭히는 남자를 총으로 쏴 죽이고 절벽으로 차를 몰아 뛰어내리는 이야기 말이야."

남편의 눈빛이 흔들리더니 황급히 안방으로 피신한다.

*

출근하는 남편이 지갑에서 오만 원짜리를 꺼낸다.

"세진 씨와 좋은 데 가서 밥 먹어."

⟨델마와 루이스⟩ 이야기에 충격받은 것일까(총에 맞을까 봐?). 일 년에 한 번 태풍 오듯 혹 들어오는 남편의 다정함에 감동한다. 어느 식당에 갈까 궁리하다가 문득 이별 의식이라는 생각에 기분이 가라앉는다.

*

세진의 집에 들어간다. 이미 눈치채고 있었지만 조금씩 비워지는 세간 살림에 다가오는 헤어짐을 실감한다. 오늘은 왠지 더 휑한 게 내 마음 같다. 가슴에 겨울바람이 부는 듯하다.

"아예 다 버리고 갈 작정이야?"

"응, 새로 사려고. 전부 신혼살림이니 오래돼서 버릴 때도 됐지."

인터넷에서 가구랑 가전을 검색하고 있다는 세진이 즐거워 보인다.

"오래된 나도 버리고 새 친구도 인터넷에서 주문해."

"그럴까?" 하며 세진이 웃는다. 웃어? 나는 밥맛도 없고 한숨만 나오는데. 신나서 대구 이야기만 하는 세진이 원망스럽다.

세진은 이리 와 보라며 내 손을 잡아끈다. 안방으로 들어가더니 장롱을 활짝 연다.

"가지고 싶은 옷 있으면 다 가져."

"정말? 옷도 다 버리게?"

원망스럽던 마음은 온데간데없이 갑자기 엔도르핀이 솟는다. 손은 이미 옷을 뒤적이고 있다.

"버리는 게 아니라 선물로 주는 거야. 너 내 옷 좋아하잖아."

"옷도 좋아하는데 가방을 더 좋아해. 명품 가방 어딨어?"

익숙하게 등짝을 맞는다. 문득 세진이 없으면 누가 내 등짝을 때려 줄까, 별게 다 그리울 거란 생각이 든다.

세진의 오버핏 상의가 내게 슬림핏으로 간신히 맞는다. 기껏해야 하나나 두 개 정도 고를 줄 알았는지, 내가 산더미만큼 옷을 골라 쌓아 놓자 세진의 표정이 굳어진다. 내가 쟤랑 어떻게 십 년을 같이 놀았지? 정이 떨어진다는 표정이다.

"정리 쉽게 하라고 치워주는 거야. 섬유 도시에 가

서 옷도 새로 사."

뻔뻔한 내 말에 세진은 어이없이 웃고 만다.

쇼핑백까지 얻어 옷을 가득 담고 나니 세상이 아름
다워 보인다. (남편이 준 돈으로) 밥을 사겠다고 하니
세진이 좋아한다. 마침 집에 돌아온 미진과 일식집에
간다. 회를 주문하고 술도 주문한다. 잔에 술을 따르
고 건배한다.

"무엇을 위하여?"

"우리의 이별을 위하여."

세진이가 "싫어 싫어 이별은 싫어"라며 취하기도
전에 앙탈한다. 회도 달고 술도 달다. 내가 술에 취한
나머지 대구에는 네가 좋아하는 쇼핑몰이며 백화점
도 없어서 우울증에 걸릴 것이고(미진이 대구에 백화
점과 아웃렛이 많다고 정정해준다), 친구를 못 사귀
어 울며 전화해도 나는 받지 않겠다고 막말한다. 세
진은 나의 술주정을 헤어짐이 아쉬워서 부리는 투정
으로 알았는지 내내 애틋하게 보다가, 내가 더 취해
뜬금없이 아리랑을 부르자 정말 지긋지긋하다는 표
정을 짓는다.

나를 버리고 가시는 임은 십 리도 못 가서 발병 난
다.

*

후회는 길고 숙취는 더 길다.

*

2차 교정은 금방 돌아온다. 처음 교정지에 비해서 빨간펜은 확연히 적다. 눈이 빠지도록 오탈자를 찾고, 애매모호한 표현을 수정하지만 읽어도 읽어도 고칠 부분은 계속 나온다. 2차 수정본을 보내놓고 나니 가슴이 조금 떨린다. 정말 이 이야기들이 책이 되어 나오는가. 두려움과 설렘이 공존하는 이상한 감정에 휩싸인다.

*

도어락을 거칠게 누르는 소리에 잠이 깼다. 술고래

남편은 몇 번의 시도 끝에 집에 입성한다. 깔끔한 남편은 만취한 상태에서도 욕실에 들어가 씻는다. 나는 그가 넘어지기라도 할까 봐 예민해져 귀가 선다. 씻고 나와서는 술주정이 시작된다. 노래를 흥얼거리다가 누구한테 하는지 모르는 혼잣말을 해 소름이 돋는다. 나는 늦은 시간이니 조용히 하라고 말하지만 못 알아들은 건지, 못 알아듣는 척하는 건지 추태는 멈추지 않는다. 인내심을 발휘하지만 얼마 못 가 "그만하라고!" 소리를 꽥 지르며 머리맡에 있던 책을 던져 버린다. 의도했던 바와 다르게 책이 남편의 급소를 맞출 뻔해 심장을 쓸어내린다. 큰소리에 놀라서 뛰어나온 첫째가 한눈에 사태를 파악하고 한숨 쉰다(아이가 부모를 존경하지 않는다면 남편 탓이 크다고 말하고 싶다). 남편은 첫째 방에 숨어들었다가 얼마 후 거기서도 쫓겨나온다. 나는 눈을 감고 이불을 덮어썼지만 온 신경이 날카롭게 서 있다. 안방에 들어온 남편은 어둠 속에서 무얼 찾는지 주섬주섬 잠바 주머니를 뒤진다. 술주정을 더 하면 아예 집 밖으로 쫓아내 버리겠다고 마음먹는다.

남편이 침대 끝에 툭 하고 걸터앉더니 이불 안에 손을 넣어 내 발을 끌어당긴다. 나는 발을 뺄까 말까 갈등하다가 가만히 있는 쪽을 택한다. 발 마사지를 좋아하는 나의 약점을 아는 남편이 취한 와중에도 살 겠다고 내 발을 붙드는 것이다. 발에 뭔가를 바르는 느낌에 눈이 확 떠진다. 향기나 질감이 집에 있는 로션이 아니다. 나는 좋으면서도 뭐 하는 거냐고 화가 난 것처럼 묻는다.

"발에 바르는 크림을 샀어."

남편의 혀 꼬부라진 소리에도 화가 나지 않고 감동한다. 진작 말했으면 책도 안 던지고 소리도 안 질렀을 텐데. 매일 발을 주물러 달라고 조르는 마누라가 안쓰러웠던 것일까. 술기운에 약국을 보고는 아내를 떠올리며 발에 바르면 좋은 약을 달라고 한 것일까. 나는 벅차오르는 사랑의 감정을 느끼며 어둠 속에서 남편에게 발을 맡긴 채 흐뭇한 미소를 짓는다.

"더러워."

응? 뭐라고? 로맨틱한 분위기가 흐르는 와중에 갑자기 무슨 소리야. 나는 벌떡 일어난다. 뭐가 더럽다는 거야? 남편은 눈이 반쯤 감긴 와중에도 내 발을 주무르고 있다.

"당신 발을 주무르고 나면 각질도 떨어지고 손도 끈적거려."

그가 더듬거리며 말한다. 누가 취중진담을 달콤한 사랑 고백이라고 했나. 이토록 잔인한 사실 고발인 것을. 성질 같아선 발로 급소를 가격하고 싶지만, 발을 주무르는 손길이 좋아서 반대쪽 발도 남편의 손에 쥐여준다.

아침에 '고운 발'이라고 쓰인 노랗고 둥근 통을 발견한다. 내 발이 각질 하나 없는 고운 발이 되는 건 시간문제인 듯하다.

*

남편이 고래고래 소리 지른다. 원인 제공자는 나다.

남편이 침대에서 노트북으로 영화를 보고 있길래 그 옆에 앉는다. 화면을 보니 배우 설현과 덥수룩한 머리의 설경구가 있다. "〈살인자의 기억법〉이구나." 나는 아는 체를 한다. 남편은 아무런 대꾸가 없다. 나는 한마디를 더 거든다.

"이거 김영하 소설이 원작인 거 알지? 김남길이 연쇄살인범이고 설현도 친딸이 아니잖아."

남편의 눈이 전에 없이 커지고 눈동자에 분노의 스파크가 튄다. "야아!" 남편의 고함에 고막이 터질 듯하다. 고양이도 놀라서 뛰쳐나간다.

"그걸 왜 말해! 이게 소설인지 뭔지 얘기하면 어떡하냐고!"

〈살인자의 기억법〉은 김영하의 대표 소설로 읽지 않았어도 온 국민이 다 아는 내용 아닌가. 당신도 이미 아는 줄 알았다고 말하고 싶었으나 남편의 화난 표정에 끽소리도 못 내고 입을 다문다. 남편이 옛날에 〈식스 센스〉를 보러 갔는데 영화를 보고 나오던 여자가 "브루스 윌리스가 귀신일 줄이야"라고 말하는 소리를 들어서 열받았다고 한다. "혹시 그 여자도 당신이었던 거 아냐?" 영화 속의 설경구처럼 나를 베개로 눌러 죽이려 한다.

남편이 다음에 보려고 하는 드라마 〈오징어 게임〉의 1번 할아버지가 게임의 주최자라는 사실을 또 말하고 싶어 입이 근질거린다.

*

이별의 날이다. 가슴에 돌덩이가 앉은 듯하다. 눈 감고도 다니던 이 길이 낯설어 발걸음이 떼어지지 않는다. 세진의 집 앞에 이미 와 있는 큰 탑차가 내 마음을 짓누른다. 일찍부터 일을 시작했는지 탑차 안은 이미 짐으로 가득하다. 분주한 사람들에 방해가 될까 봐 멀찌감치 선다. 세진은 보이지 않고 어느새 미진이 곁에 온다. "갈 길이 멀어서 그런지 새벽부터 시작하더라고." 미진의 표정도 밝지 않다. 현관에 세진의 모습이 나타난다. 정신없이 오가던 세진은 우리를 발견하고는 다가온다.

"왔어?"

세진의 한마디에 주책맞게 눈물이 터진다. 이러면 안 되는데, 좋은 날인데 하면서 눈물을 참는다. 세진이 나를 포옹하고 미진이 내 등을 토닥인다. "오셨어요?" 하는 세진 남편의 목소리가 들려 울음을 필사적으로 멈춘다. 휴지 가져올 생각을 왜 못했지. 콧물이 보이면 끝장인데. 세진의 남편에게 기억될 내 마지막이 콧물 흘리는 얼굴이어서는 안 된다.

"승진 축하드려요, 좋으시겠어요."

"대구에 놀러 오세요."

형식적인 인사를 주고받는다. 세진이 분주하게 다니는 모습을 지켜본다. 미진이 믹스 커피가 든 종이컵을 내민다. 미진이 아니었으면 나 혼자였겠네, 하다가 문득 드는 생각. 내가 미진과 친해질 수 있도록 세진이가 애썼다는 것. 내게 미진의 좋은 점을 얘기하고, 자주 어울리도록 두 사람을 같이 불렀다는 것. 내성적이고 소심한 내가 혼자 남아 우울해할까 봐 미진과 친구가 되도록 오래전부터 준비했다는 걸 깨닫는다. 언니 같은 사람이다. 다시 눈시울이 붉어진다. "이럴 줄 알고 티슈를 가지고 나왔지." 미진이 내 눈물을 닦아준다.

탑차의 문이 닫힌다. 세진의 자그마한 몸을 꼭 끌어안는다. 세진에게서 나는 섬유유연제 냄새를 오래도록 붙잡고 싶다.

"도착하면 전화할게."

세진의 말에 "전화하지 마, 안 받을 거야" 하고 억지를 부린다. 세진이네 차가 출발하고 탑차가 뒤따른다. 오랫동안 나의 세상이었던 한 존재가 내게서 멀어져간다.

*

책에 실릴 일러스트와 표지 디자인이 순조롭게 진행된다. 나는 애초에 서정적이고 목가적인 느낌의 표지를 원했는데, 글의 분위기나 실제 내 모습과 어울리지 않는다는 대표 부부의 강력한 의견에 저항 한 번 못한다. 설상가상으로 대표의 남편은 에피소드에 나온 대로 배로 돈통을 미는 그림이 꼭 그려져야 한단다. 나는 배 나온 아줌마는 매력적이지 않다는 그럴듯한 구실을 대서 결사 반대한다. 다행히 매우 귀엽고 젊어 보이는 아주머니 그림이 시안으로 들어와서 마음에 든다.

*

대표가 생각해 놓은 책의 크기나 선호하는 종이가 있는지 묻는다. 태어나서 한 번도 생각해 본 적도 없고 들어본 적도 없는 질문이다(종이에도 종류가 있다니!). 갑자기 쇼핑(무언가를 고르고 결정하는 게 쇼핑이라면) 거리가 생겨 신이 난다. 출판사에 진열된 책을 만져보고 펼쳐보며 이런 크기와 표지였으면 좋겠다고 의견을 낸다. 폰트는 이런 느낌의 글자로. 대표는 연신 고개를 끄덕이며 내가 얘기한 것들을 열심히 메모한다. 그러나 결국 대표가 원하는 방향으로 결정

난다. 아니, 이럴 거면 나한테 왜 물어본 거지? 은근히 부아가 돋는다. 남편이 평소 내 안목으로 봤을 때 내가 얼토당토않은 걸 골랐을 확률이 높다며, 대표가 메모하는 척이라도 한 건 대단한 배려라고 말한다.

사람은 사실을 지적받을 때와 공감받지 못할 때 화가 난다고 한다. 내가 지금 얼굴에 열이 오르며 아랫입술을 깨물게 되는 건, 내 미적 감각이 후져서일까, 남편이 내 편을 들어주지 않아서일까. 생각할 필요도 없다, 둘 다니까. 세상이 외롭다.

*

세 번의 원고 교정이 끝난다. 토할 듯이 보고, 외울 듯이 읽어도 미련이 남아서 원고를 못 놓는다. 대표가 이러다가는 평생 교정만 하겠다며, 오탈자는 신의 영역이니 하늘에 맡기자고 한다(그러나 실제 책이 나오고 첫 페이지에서 오타를 발견하고, 잘못 기재한 고유명사가 나오기도 한다). 인쇄용 pdf를 마지막으로 확인하는 것으로, 책 만드는 작업은 마무리된다. 수정하고 싶어도 이제 기회는 없다. 이면지라도 날리며 "끝났다!" 하고 기쁨의 탄성을 지를 줄 알았는데, 책이 팔릴까 하는 걱정이 시작된다.

*

머리카락이 빗장뼈에 닿을 만큼 길어 자를까 고민한다. 봄에 한 파마는 풀린지 오래다. 더 나이 들기 전에 마지막으로 머리를 길러보자는 결심이 흔들린다. 나는 늘 이 정도를 못 넘긴다. 사실 머리카락 관리도 못 하고 관심도 없다. 빗질도 안 하고 헤어 드라이어로 말리지도 않는다. 나같이 꾸미는 감각이 없는 사람은 단발이 최고라는 말도 있고, 반대로 손재주 없는 사람이야말로 긴 머리를 둘둘 묶고 다니는 게 제일이라고도 한다. 나는 둘 다 어렵다. 긴 머리는 감고 말리는 게 귀찮고, 짧은 머리는 수건으로 탈탈 털면 금방 마르는 장점이 있지만 여성성이 희미해지는 단점이 있다. 내 얼굴은 애초에 여성인지 남성이니 모르게 애매하게 생긴데다가, 중년이 되어 남성 호르몬의 영향으로 거란족의 후예인 듯 강한 인상이 돼버렸다. 어깨까지 떡 벌어져서 머리라도 길러 줘야 앞에 가는 저 형씨는 아주머니구나, 라는 힌트를 줘야 하는 몽타주가 된 것이다.

남편이 머리를 자르러 미용실에 간다기에 나도 커트하고 싶은 충동이 인다. 아들에게 "엄마는 머리 긴 게 예뻐? 자르는 게 나아?" 하고 물었더니 "머리 길이가 문제가 아닐 텐데"라는 답변을 듣는다. 역시 판관 포청천의 후예답다. 나중에 여자 친구가 생기면 네가 어떻게 말하는지 두고 보겠다고 다짐한다. 같은 질문을 기대 없이 남편에게 한다.

"머리가 뭐가 중요해. 얼굴이 예쁜데."

그가 드디어 세상 살아갈 방법을 깨우쳤다.

*

광활한 공간에 앉아있는 듯하다. 그것도 혼자서. 책을 만드는 동안 끊임없이 울렸던 출판사 대표와 그의 남편이 있는 채팅방이 고요하다. 원고가 인쇄소로 넘어갔으니 글을 쓰는 내 일은 끝났다.

괜히 출판사 채팅방에 들어가 페이지를 위로 올리며 지난 대화를 읽는다. "207 페이지 첫째 문단 너무 꼰대 같지 않아요?" 하는 나의 질문에 "아니요, 너무 좋아요" 하고 부부가 동시에 답한다. 또 어느 날에 "네 번째 에피소드 유치하지 않아요?" 하고 푸념하자 대표의 남편이 "저는 몇 번을 읽었는데도 매번 웃는 걸요" 하며 내게 힘을 실어준다.

"작가님, 이 문단은 문맥상 빼는 게 낫지 않아요?"

"아니야, 그런 게 정신없는 작가님의 정신 없는 매력이라니까. 절대로 빼면 안 돼요. 작가님, 이 사람 말 듣지 말아요."

"마지막 말은 취소해. 그렇게까지 말할 건 없잖아."

자기들끼리 한참을 다툰 적도 있다. 나는 그들이 내 글로 싸우는 게 좋아서 속으로 웃었다. 내가 갈 때 꼭 출판사 문밖까지 배웅해 주었다. 살면서 처음 받아보는 대접에 내가 귀한 사람이 된 듯했다.

마치 연애가 끝난 듯한 기분이다. 그들은 나의 말 한마디 한마디에 귀 기울여주고, 힘들다고 하면 달래주고, 이상하다고 하면 괜찮다고 얘기해줬다. 마치 어미가 새끼를 돌보듯, 오서 코치가 김연아를 대하듯 애정으로 나를 돌봤던 사람들과 헤어졌다. 책의 성공 여부와는 상관없이 내게는 잊지 못할 추억이 될 것이다(그들을 위해서 책이 꼭 흥행했으면 좋겠다). 앞으로 특별한 일이 있지 않은 이상 채팅방에 메시지가 쌓일 일은 없겠지, 라는 생각이 들자 쓸쓸함이 곱절로 쌓인다.

이 얘기를 남편에게 했더니 그가 하는 말,

"출판사도 보통 일이 아니네. 그 사람들 당신 비위 맞추느라 얼마나 힘들었을까. 심심하다고 괜히 말 걸고 그러지 마."

어휴, 콱. 저걸 남편이라고. 채팅 목록에서 남편을 차단할까 한다.

*

신발장을 뒤져보지만, 마땅한 구두 한 켤레가 없어 우울해진다. 구두를 산 기억이 까마득하니 신을만한 구두가 없는 게 당연하다. 언젠가부터 경조사에도 운동화를 신었다. 아이가 어릴 때는 아이를 안느라, 나이가 들어서는 허리가 불편해 운동화를 신었다. 그런데 오랜만에 동창 모임에 간다고 생각하니 별안간 구두 생각이 나는 것이다.

얼마 전에 생일 선물을 거절한 일이 후회된다. 좋은 걸 사주겠다는 남편의 말에 선물이 무슨 의미가 있냐며 외식이나 하자고 했다. 남편은 나를 고급 레스토랑에 데려갔다. 자리에 앉자마자 메뉴판을 보고는 당장 나가자고 했지만, 남편은 가만히 있으라는 눈짓을 했다. 좋아하지도 않는 해산물이 찔끔씩 나오는 코스요리를 먹었다. 애써 행복한 척했지만, 속이 부글부글 끓었다. 남편은 꽤 만족한 듯 보였다. 그러다가 잊었는데 그날의 식사 비용이 구두값이라는 생각에 이르자 선물이 무슨 의미가 있냐고 떠들던 내 주둥이를 꿰매고 싶어진다. 이토록 큰 의미가 있는 것을.

구두를 살까 말까 종일 갈등한다. 사두면 격식이 필요한 자리에 신겠지, 하다가 중요한 자리가 일 년에 몇 번이나 될까 싶어 지갑을 내려놓는다. 오랜만의 동창 모임에 꾸미고 싶은 마음도 든다. 문득 구두가 삼천 켤레라는 필리핀의 정치인이 떠오른다. 사치의 여왕이라고 지탄받는 그녀의 별명이 부럽다는 생각마저 든다. 내게 사치란 가끔 세신사에 몸을 맡기거나 천 원 더 비싼 콜드브루를 마시는 일뿐인데 말이다.

가격표를 보지 않고 쇼핑하는 사치를 상상한다. 정샘물에게 나를 송혜교처럼 만들어놓으라고 요구하고 (화장은 마술이 아니다), 일론 머스크에게 대리운전을 부탁한다. 호텔 뷔페 가서 식혜 한 잔 마시고 나오기, 목욕탕 가기 전에 머리 감기, 비행기 일등석 끊고 화장실에만 앉아있기 등을 상상하다 어처구니가 없어서 혼자 웃는다. 그리 큰 사치도 아니다. 당장 하려면 할 수도 있다(카드 명세서가 오면 몇 날 며칠을 드러눕겠지만). 구두를 사기로 마음먹는다. 늘 합리적이고 유용한 소비만 할 수는 없다. 지금은 비록 갈 데도 오라는 데도 없지만, 구두를 준비해 놓고 약속이 생기길 바라고 있겠다. 좋은 구두는 신발의 주인을 아름다운 곳으로 데려간다고 하니까 말이다.

*

동창회에 간 것을 후회한다. 그동안의 연락에는 가지 않다가 이번에 나간 것은, 책이 나오면 동창들에게 좀 팔아볼까 하는 얕은 속셈 때문이었다. 책 팔기는커녕, 되려 깊은 수렁에 빠져서 돌아온다.

나의 예리한 감각으로 모임을 관찰한 결과, 동창회는 세 개 부문으로 나뉜다. 누가 누가 성공했나(잘 사나), 누가 누가 잘 파나, 너 그때 나한테 왜 그랬어,

이다. 나는 첫 번째 부문에선 마음이 많이 상하고, 두 번째 부문에 참전했으나 책 팔 밑밥을 깔기는커녕 베테랑들에 낚여 여러 가지 상담을 약속하고 만다(당분간 핸드폰을 꺼두어야겠다). 다행히 '너 나한테 왜 그랬어'에는 해당하지 않았지만, 모두가 낄낄거리며 '맞아 그때 그런 일이 있었지' 하는 사건을 나만 몰라 존재감 없던 학창 시절이 떠올라 씁쓸해진다.

무엇을 위해 새 신을 사 신었던가. 나 역시 기죽기 싫어서 '나 잘 살아' 하고 신발을 장만했다는 사실을 깨닫는다. 너덜너덜해진 반창고를 떼어내니 피딱지 앉은 발뒤꿈치가 아리다.

*

차만 쌩쌩 다니고 걸어 다니는 사람은 없는 후미진 골목에 채소 트럭이 온다. 자릿세를 내더라도 장사 잘되는 곳으로 가지, 젊은 사람이 융통성도 없이 왜 여기에 오냐고 훈계하고 싶은 걸 참는다. 약간의 연민으로 과일과 채소를 사며 베푸는 사람 흉내를 낸다. 나보다 고작 몇 살 아래로 보이는 아저씨가 나를 어머니라고 부르는 건 마음에 들지 않지만, 친절하기도 하고 고생하는 사람 돕자는 마음에 좀 비싸더라도 물건을 산다.

칼바람에 옷깃을 여미고 집으로 돌아가는 길에 채소 트럭을 발견한다. 아이고 아저씨, 이렇게 추운 날은 돌아다니는 사람도 없는데 일찍 들어가지. 오늘따라 아저씨가 더 딱해 보인다. 집에 귤도 있고 양파도 있어서 살 게 없는데, 하면서도 나도 모르게 트럭 쪽으로 발길이 간다. 내가 그쪽으로 방향을 틀자 아저씨는 자리에서 일어나 손님 맞을 채비를 한다. 얼굴이 벌겋게 얼어있다. 무엇을 사야 하나. 군고구마 통이 눈에 띄어 어렵지 않게 결정한다. "군고구마 오천 원어치 주세요. 추워서 어째요. 오늘은 일찍 들어가세요." 말을 길게 한다.

"정말 춥네요. 군고구마 기계가 있어서 손은 따뜻해요. 이제 들어가려고요. 고구마 한 개는 서비스입니다."

세 개 오천 원 하는 군고구마에 덤까지 주면 어쩌나 생각하면서도 사양하지 않고 넙죽 받는다. 살 생각이 없던 단감 두 줄까지 더해서 만 원을 낸다. 아저씨의 감사하다는 말과 깍듯한 인사에 내 마음이 우쭐해진다. 군고구마를 품에 안고 가면서 '그래 서로 돕고 사는 거지, 과일은 많이 먹어도 좋으니까 사과도 살 걸 그랬나' 하는 푸근한 마음이 든다.

집에 들어오자마자 아이들을 부른다. 어서 오렴, 따뜻할 때 먹자. 배추김치랑 우유도 가져온다. 군고구마가 커서 반으로 쪼갰더니 하얀 김이 펄펄 난다. 어? 고구마 색이 왜 이럴까. 황금색이거나 노란색이어야 하는데 빛바랜 누런색이다. 맛을 보니 수분이 다 날아가 퍼석하고 냄새마저 쿰쿰하다. 다음 고구마도, 나머지도 모조리 그랬다. 아마 아침부터 구워 놓은 고구마가 안 팔리고 있다가 내 차지가 되었나 보다. 돈도 아깝고 음식물 쓰레기만 잔뜩 생겼다. 아이들의 실망한 얼굴에 기분이 잡친다. 이럴 거면 덤은 왜 준거지. 단감도 괜히 샀다. 이런 식으로 장사하면 안 되죠, 당장 따지러 가고 싶은 걸 추워서 참는다. 내 호의를 썩은 고구마로 갚다니. 다시는 트럭에서 아무것도 사지 않겠다고 마음먹는다.

*

트럭 아저씨와 나 사이에 찬 기류가 흐른다. 내가

보이자 아저씨는 눈인사라도 할 생각으로 일어서지만 나는 시선도 주지 않고 최대한 멀리 떨어져 트럭을 지나친다. 당황한 아저씨의 얼굴에 통쾌함과 불편함을 동시에 느낀다. 왠지 모를 미안함은 썩은 고구마를 반품 하지 않는 것으로 퉁친다.

추웠다가 다시 견딜만한 날씨가 반복된다. 채소 트럭을 볼 때마다 불편했던 마음도 희미해진다. 이제 아저씨도 내가 보이면 딴청을 한다. 나는 마트에서 채소를 사고 쿠팡에 과일 주문을 넣는다. 트럭이 띄엄띄엄 보이더니 요새는 통 안 보인다. 나는 차라리 잘됐다고 생각하고 골목을 마음 편하게 지나다닌다.

*

남편이 순대와 오소리감투를 삶아달라고 한다. 업소도 아니고 보통 가정집 냉동고에 순대 내장이 있다는 걸 누가 알까 봐 남부끄럽다. 남편은 돼지 부속이나 선지, 생선 내장과 눈깔, 소나 닭의 내장탕 같은 것도 없어서 못 먹는다. 여간 비위 상하는 입맛이 아니다. 나는 냄새에 예민해서 순대도 가리는데(안 먹는다고는 안 했음) 집에서 돼지 부속을 삶고 있으니 '여자 팔자 뒤웅박 팔자'라는 말이 떠올라 비참해진다. 집에서 생간이나 천엽을 먹자고 안 하는 게 고마울 정도이다.

남편은 휴대용 버너까지 가져와 이미 한 번 찐 것을 데워가며 먹는다. 따뜻하게 먹어야 끝까지 맛있단다. 이렇게까지 정성스럽게 먹을 일인가 싶어서 남편의 뒤통수를 갈기고 싶지만, 최선을 다해 자신을 대접하는 남편만의 의식을 존중하기로 한다. 온 집안에 고기 누린내가 진동한다. 후각이 제일 먼저 마비된다고 하던데 과학 상식을 다시 검증할 필요가 있다. 향이 센 양파를 쌈장에 찍어 먹어 보지만 내 코는 오소리감투로 틀어막힌 듯하다. 소주까지 마신 남편의 입냄새에 인상이 찌푸려진다. 내 표정을 봤는지 남편이 장난스럽게 입술을 내밀고 입 맞추려는 흉내를 낸다. 나는 젓가락을 세워 잡고 당장 그 입술을 찢을 수도 있다고 말한다.

갑자기 영화에서 봤던 신랄한 키스 장면이 떠오른다. 대학생 때 극장 옆에 있는 레스토랑에서 일했다. 아침부터 아주머니들이 무리 지어 오는 건 영화가 대박이라는 증거라고 레스토랑 사장님이 말했다. 당시 상영하던 영화는 강수연, 김갑수의 〈지독한 사랑〉이었다. 불륜 영화, 아줌마 아저씨 영화라고 소문이 나서 당시에는 안 봤다. 영화 시작 전의 커피 손님과 영화가 끝나면 몰려드는 식사 손님으로만 바쁘게 기억되는 영화였다. 한참 후에 보기는 봤는데 어디서 누구랑 봤는지는 기억 안 나고, 딱 한 장면만 기억난다. 옥탑방에서 낮은 밥상에 치킨을 올려놓고 먹다가 남녀가 갑자기 눈이 맞아 손이며 입이며 기름 범벅인 채로 거친 키스를 하는 장면이었다. 치킨 냄새랑 음식물이 입 안에 남아 있을 텐데 더러워 죽겠다고 생각했다.

남편이 입 맞추려는 장난을 치다가 진짜로 입이 맞고 만다. 치킨 키스는 양반이라고 생각한다. 순대와 오소리감투, 양파, 쌈장이 뒤섞인 냄새는 세상의 어떤 시련 풍파가 다가와도 이겨낼 수 있을 듯한 지옥 같은 키스의 추억을 만들어낸다.

*

남편이 핸드폰에 자신의 사진이 있냐고 묻는다. 나는 1초의 고민도 없이 그럴 리가 있냐고 대꾸한다.

남편이 실망한 표정은 아니다. 나도 남편에게 내 사진이 있냐고 묻자 당연히 없다고 한다. 그럼 왜 묻는 거지.

부인이 살해된 사건이 있다. 남편의 핸드폰에 부인의 사진이 한 장도 없는 걸 수상하게 여긴 경찰이 남편을 추궁해서 부인을 살해했다는 자백을 받았다는 것이다. 어느 날 부부 중 하나가 살해된다면 배우자의 사진을 갖고 있지 않은 사람이 첫 번째 피의자로 의심받는다는 얘기다. 나는 살해되는 것도 싫고 의심받는 것은 더 싫어서 남편의 사진을 갖고 있기로 한다. 우리 같이 셀카라도 찍을까. 남편 옆에 앉아 팔을 있는 대로 뻗어 사진을 찍는다. 간밤에 뭘 먹었는지 퉁퉁 붓고 팔자주름 깊은 두 늙은이가 어색하게 웃고 있어 더 수상하다. 얼른 사진을 삭제한다. 보기 싫은 내 얼굴은 빼고, 남편을 불러 여기 보라고 하고는 사진 찍는다. 남편은 별 저항 없이 얼굴을 내어준다. 내가 사랑했던 젊은 남자는 어디 가고 주름 자글자글한 흰머리 아저씨는 누구지? 어쩐지 슬퍼진다. 남편이 뭘 그렇게 보냐고, 보고 있어도 또 보고 싶냐는 헛소리를 지껄인다. 못생긴 얼굴을 이십 년 동안 마주 보고 산 내가 용해서 그런다고 했더니, 자신은 내가 점점 커지는 모습이 다채로워서 지겨운 줄 몰랐다고 한다. 첫 번째 피의자가 되지 않기 위해 남편의 사진은 고이 간직하기로 한다.

*

한파가 매섭게 몰아붙인다. 눈보라까지 더해 서울이 시베리아보다 춥다는 말을 실감한다. 눈 쌓인 언덕길에 개 썰매를 타고 달리는 내 모습을 상상하다가 골목 어귀 채소 트럭을 보고는 소스라치게 놀란다. 다른 곳으로 옮긴 게 아니었어? 좋은 날 다 놔두고 하필 이렇게 추운 날에 장사를 나온 거지? 알 수 없는 속상함에 휩싸여 나도 모르게 트럭 쪽으로 발길이 향한다. 아저씨는 얼른 차에서 내려 손님 맞을 채비를 한다. 군고구마 통은 안 보인다. 사과랑 무, 대파도 주세요. 서로 눈은 안 마주친다. 무거울 것 같아서 망설이다가 감자도 담아달라고 한다. 이만 원을 내고 묵직한 봉지를 받아든다. "조금씩 더 담았어요, 어머님." "내가 무슨 어머님이에요?" 발끈하자 아저씨가 영문을 몰라 눈이 커진다.

"그럼 뭐라고⋯."

"누님이요, 누님."

아저씨가 배시시 웃는다.

(그러나 이후에도 아저씨는 나를 누님 대신 '이모님'이라고 불렀다. 여간 약이 오르는 게 아니다.)

*

거의 두 배나 되는 가스요금 고지서를 받고 놀라 눈을 꾹 감는다. 지난달 요금을 안 냈나 싶어서 계좌를 확인하니 돈이 나간 게 확실하다. 요금이 과잉 청구되었다고 고객 센터에 전화하기 전에 혹시나 해서 고지서를 살펴본다(경험상 대부분의 요금 문제는 내가 쓴 게 맞더라). 보기를 잘했다. 나 같은 사람이 많은지 지지난 분기부터 요금이 순차적으로 인상되었다는 설명이 빨간 글씨로 강조되어 있다.

마침 미진에게서 전화가 온다. 가스요금이 비정상적으로 많이 나왔는데 우리 집은 어떠냐고 묻는다. 우리 집도 많이 나오긴 했는데 비정상은 아니라고 차근하게 설명한다. 미진과 나는 월급은 안 오르는데 공공요금이 이렇게 오르니 살림을 어떻게 하면 좋으냐고 한탄한다. 우리는 어디에서 지출을 줄일 수 있을까 상의하다가 우리처럼 알뜰한 사람이 더 이상 어떻게 아낄 수 있겠냐며 자화자찬을 가장한 푸념을 한다. 나는 속으로 네가 화장품을 덜 사고 네일아트를 안 하면 일 년 치 관리비는 충분하겠다는 말을 삼킨다. 미진도 아마 내가 매일의 커피를 끊으면 난방비는 뽑고도 남는다고 말하고 싶은 걸 참고 있을 것이다. 우리는 재빨리 전화를 끊는다. 당장 보일러라도 끄러 가자며. 나는 보일러 온도를 최저로 내리고 예약 타이머를 네 시간으로 늘린다.

*

첫째가 콧물을 흘리기 시작한다. 둘째는 기침하고, 남편은 자고 났더니 어깨가 굳어있다고 한다. 남편이 집이 춥다며 보일러 고장을 의심한다. 나는 온도를 잠시 낮춰 놨는데 다시 올리는 걸 잊었다고 둘러댄다. 실은 나도 잔뜩 웅크리고 잤는지 허리가 아프고 몸살기가 돈다.

　미영에게서 사우나에 가자는 전화가 온다. 감기 기

운이 있어서 어렵다고 했더니 웬일로 우리 집에 온단다(내가 또 다른 사우나에 갈까 봐 감시하러 오는 것일까). 미영은 내가 중병에라도 걸린 것처럼 병문안 갈 때나 들 법한 과일바구니를 들고 온다.

"난 너희 집이 새 둥지같이 아늑해서 좋아. 옛날 생각도 나고."

미영은 들어오자마자 말 같지도 않은 소리를 한다. 그러더니 돌연 집이 왜 이렇게 춥냐고, 아프다더니 보일러 고장도 몰랐냐고 호들갑 떤다.

"보일러 온도는 일부러 낮춰 놓은 거야."

"왜?"

"가스비 아끼려고."

등에 미영의 손바닥이 날아온다.

"아낄 걸 아껴라. 아프면 병원비만 더 나가. 집에서 잘 쉬어야 나가서 일하지. 몸밖에 없는 집구석이 몸을 홀대하면 안 돼."

정확하고 적나라한 지적에 기분이 나쁘지만, 일리가 있는 말이다.

"전기세랑 가스비가 얼마나 오른 줄 아니? 너야 여유가 있으니 상관없지만, 몇만 원만 올라도 우리 같은 집은 굉장히 부담된다고."

내 말에 미영은 갑자기 뭔가 생각난 듯 눈을 깜박

이지도 않고 입도 다문다. 상체를 내 쪽으로 기울이
더니 말한다.

"옛날에 우리 집 생각나니? 다 허물어져 가는 얇은
벽으로 찬바람은 그냥 들어오지, 엄마가 연탄도 안
떼줘서 냉골에서 잠을 자고, 따뜻한 물이 어딨어? 찬
물로 머리 감을 땐 머리가 얼어서 깨지는 것 같았어.
손은 맨날 터서 피가 흐르는데도 싸구려 크림 하나
살 돈도 없었지. 또 그 여자 생각난다. 내가 가난해서
자기한테 피해준 게 뭐 있다고 나를 그렇게 미워했을
까? 그 사람이 나를 벌레 보듯 부를 때 똑같은 표정
으로 나를 보던 아이들 눈빛이 생생해. 아직도 그 생
각을 하면 치가 떨려. 너마저 없었다면, 학교는 지옥
이었을 거야."

미영은 학교 뒤 미나리깡의 아이였다. 일 년 내내
물을 댄 논에서 미영의 부모는 허우적거렸다. 가슴까
지 올라오는 장화 옷을 입은 미영의 부모가 미나리
를 뽑다 말고 우리를 향해 손을 흔들곤 했다. 봄방학
에는 미영도 미나리 수확을 거들었다. 나는 갈라져
피가 보이는 미영의 손등에 바세린을 발라 주었다.
담임은 50대 여성이었는데 대머리였다. 유명한 남
자 배우는 한 가닥에 이천 원짜리 모발 이식을 하는

데 자기는 오천 원짜리를 심는다고 자랑했다. 재산세를 몇천만 원이나 낸다고 떠들어대고, 잠실 백화점의 vip라고 했다. 우리는 재산세가 뭔지도 모르고, 백화점에 가 본 적도 없는 아이들이었다. 잘 사는 집의 애만 편애한다는 얘기는 사실이었고, 학부모 면담 때 책상 서랍을 열어둔다는 소문도 있었다. 선생은 미영을 티 나게 싫어했다. 사시사철 같은 옷에 늘 허옇게 떠 있는 미영의 얼굴에 인상을 찌푸렸다. 점심시간에 교실을 둘러보며 누구는 맛있는 걸 싸왔네, 어머니 솜씨가 좋으시네, 칭찬을 하다가도 줄기도 자르지 않은 총각김치가 든 미영의 것을 보곤 코를 막고 돌아섰다. 내 도시락에 단무지가 있는 게 다행이었다.

어느 날이었다. 도서실에서 책을 보다 집에 가는데 앞에 담임이 퇴근하고 있었다. 학교는 큰 시장의 한가운데 있었다. 다른 선생님들은 퇴근하고 장을 보다가 학급 아이들을 만나면 핫도그도 사주곤 했는데, 우리 담임은 눈길 한번 안 주고 시장을 빠져나갔다. 그날 정문 앞에는 미나리 좌판이 크게 벌어져 있었다. 미영의 어머니가 마치 담임을 기다리고 있었다는 듯이 새파란 미나리를 한가득 내밀었다.

"선생님, 저 미영이 엄마입니다. 이거 최상급 미나립니다. 이거 드시고 우리 미영이 좀 예쁘게 봐주세요."

　나는 '담임이 싫어할 텐데' 하며 조마조마했다. 담임은 마뜩잖은 표정으로 미나리를 받았다. 얼마 후 저만치 가던 담임이 꺅꺅 비명을 지르기 시작했다. 사람들에게 둘러싸인 선생은 가방도 미나리도 바닥에 내팽개친 채 작두 타듯 방방 뛰고 있었다. 검고 긴 거머리가 선생의 왼쪽 가슴팍에 하나, 오른쪽 배에 하나 붙어있었다. 어느 아저씨가 연탄집게로 거머리를 떼 주었다. 선생의 흰 코트에 검은 줄이 하나, 둘 그어졌다. 나는 그 꼴이 우스운 동시에 '이제 미영의 운명은…' 하고 생각했다. 담임이 나를 봤다.

　"얘, 너 이리 와봐. 이거 싹 다 소각장에 갖다버려."

　나는 미나리 단을 들었다. 학교 소각장에 가려면 정문 앞 미나리 좌판을 지나야 한다. 심장이 두근거렸고 미영이 엄마가 없기를 기도했다. 미영이 엄마는 마치 내가 올 줄 알았다는 듯이 이리 오라고 손짓했다. 내가 미나리를 들고 주춤주춤 다가가자 미영의 엄마와 허리에 전대를 두른 아주머니들이 깔깔거리며 웃기 시작했다.

　"봤어? 선생 얼굴이 허옇게 질려서 방방 뛰는 꼴 봤어?"

　"봤지!"

미영의 어머니는 소매로 눈물을 닦아가며 웃었다.

"우리 거머리들이 쓸모가 있다니깐!"

미나리 단을 묶던 옆의 아주머니도 시장이 떠나가도록 오래 웃었다. 나는 이 일을 미영에게 말하지 않았다.

미영은 선생에게 많이 상처받았다. 내가 그 반에서 제일 가난한 아이가 아니라 다행이었다. 미영은 말을 고깝게 하기 시작했다. 툭하면 시비를 일으켜 싸움을 벌였다. 특히 담임이 편애하는 아이들이 미영의 대상이었다. 깨끗한 옷을 입은 녀석들은 미영과 말싸움하다가 제 분에 나자빠졌다. 내가 그 반에서 미영 다음으로 가난한 아이라 다행이었다. 미영이네의 가난은 미영이 여상을 졸업할 때 한방에 풀렸다. 미영의 어머니가 악착같이 벌어 야금야금 사들인 미나리 논과 돌산이 개발 구역에 들어갔다. 그때까지 미영이네는 재래식 화장실이었다.

"죽으면 얼어붙은 땅속에 백 년을 누워있거나 삼백도 불가마에서 잿더미가 되도록 타버릴 텐데. 사는 동안만이라도 따뜻하고 시원하게 살자. 보일러 좀 올려."

미영의 말에 보일러 온도를 높인다. 집안에 금세 온기가 돈다. 왠지 굽었던 어깨도 펴지는 듯하고 몸을 움직이고 싶어진다. 방석에서 내려오지 않던 고양이도 마룻바닥에 등을 대고 뒹굴뒹굴한다. 이제야 사람 사는 집 같다. 미영도 바닥에 눕는 건 오랜만이라며 옛날 생각도 나고, 너희 집은 낭만적이라는 개뼈다귀 같은 소리를 한다. 미영이 "방 하나를 아예 사우나로 시공할까?" 하고 딱히 내 대답을 기대하지 않는 투로 묻는다. 나는 공짜 사우나를 즐길 심산으로 좋은 생각이라고 맞장구치자 미영이 "내가 사우나를 얼마나 한다고" 하며 심드렁해한다. 내가 하자고 했니? 네가 한다고 했지! 변덕이 심한 청개구리 같은 면모에 정이 떨어진다. 아, 내가 얘랑 왜 친구인 거지.

*

집 앞 슈퍼에 간다. 사장 할머니가 친구로 보이는 분과 담소를 나누고 있다.

"올해가 또 가네."

"그러게. 한 살 더 먹네."

나는 두 분의 나이가 일흔 가까이 되는 걸 알면서도 재치 있게 "예순은 넘으셨죠?" 하고 묻는다.

"예순 지난 지가 언제인데. 예순만 되면 소원이 없겠고 새댁만큼 젊어질 수 있다면 하나님 버리고 부처님한테 갈래."

사장 할머니가 호호호 웃으며 말한다. 옆에 있던 친구분이 정색하며 "우리 권사님 미쳤나 봐. 하나님을 왜 버려" 하며 사장 할머니 등짝을 때린다. 마주 보고 웃는 두 사람을 보니 문득 세진이 떠오른다. 아니 한시도 잊은 적이 없다.

*

감기약을 먹고 열두 시간씩 자고 있다. 남편에게 밤 열한 시에 깨워달라고 부탁한다. 12월 말일 자정에 자고 있으면 눈썹이 하얗게 새버린다고 세진이 강조했기 때문이다. 열두 시 오 분 전에 남편이 깨웠고 나는 옅어진 몸살을 느끼며 일어난다. 핸드폰을 열었더니 신년 덕담 메시지가 세 개나 있다. 남편은 새해 인사가 계속 들어온다며 귀찮다는 듯 말하지만, 자신의 인맥을 자랑하는 게 분명하다. 사람 좋아하고 외향적인 남편은 마치 나는 실패한 인생이고 자기는 성공한 사람이라는 듯 우쭐하여 나대는 모양이 아주 가관이다. 그래봤자 소심한 내가 해주는 밥 먹고 내향적인 내 친구들이 갖다주는 김치 먹는 주제에 말이다.

제야의 종소리가 들린다. 이렇게 한 살 더 먹다니, 믿기지 않는다. 시간이 이렇게 빠른 줄 알았다면 돈을 아끼지 말고 시간을 아낄 걸, 이별이 올 줄 알았다면 친구와 더 많이 놀 걸, 하고 후회한다. 그러나 미래의 내가 오늘의 나를 떠올렸을 때 같은 말을 하리라는 걸 안다. 올해 목표는 '매일 재미있고 다정하게 살기'로 갑작스레 정한다.

남편의 핸드폰이 계속 울려 자꾸 깨는 바람에 짜증이 치민다. 팔꿈치로 남편의 옆구리를 가격한다.

"조용히 안 해?"

'다정하게 살자'라는 올해 목표는 첫날부터 글렀다. 놀란 남편이 "답장은 해야 할 거 아니야"라고 기가 죽어 말한다. 아, 답장. 나도 세 개의 메시지에 답장해야지. 미진과 세진에게는 하트 이모티콘을, 신년에는 주의 은총을 함께 누리자는 주은 엄마의 메시지에는 인샬라라고 보낸다.

*

　새벽에 눈이 떠진다. 아직 동이 트기 전이다. 해 뜨는 시간을 보려고 핸드폰을 열었더니 미영에게서 새해 인사가 와 있다. 복사 붙여넣기 한 게 분명한 단체 메시지다. 뭐야 얘는, 비난하려다가 그조차 하지 않은 나보다 낫다는 생각이 든다.

　'미영아, 너도 새해 복 많이 받아. 내 곁에 오래 있어 줘서 고마워. 사랑한다, 내 친구.'

　새벽 감성을 밑천 삼아 미영에게 생전 해보지 않은 오그라드는 말을 보낸다. 메시지를 바로 읽었다는 표시가 뜨지만, 답장은 오지 않는다. 인터넷에 검색하니 오늘 해 뜨는 시간은 7시 47분이라고 한다. 핸드폰이 울린다. 미영이다.

　'나도 사랑해.'

　새해 첫해를 보러 뒷산에 오르기로 한다. 아침잠이 많은 남편은 깨우지 않는다. 어둠 속에서 빈 벽에 인사하고 콩콩 뛰는데 "어디 가?" 하는 남편의 목소리에 야반도주하려다 들킨 사람처럼 놀란다.

　"첫해 보러 뒷산에 가려고."

남편은 다 뜨지도 않은 눈을 비비며 일어나더니 주섬주섬 털바지를 껴입는다. 나가려다가 내게 급히 급행열차 신호가 오는 바람에 시간이 지체된다. 늦을까 봐 발걸음을 서둘렀더니 호흡과 맥박도 따라 요동친다. 심장이 '국민 전체가 운동을 시작한다는 바로 그날인가? 오늘만 좀 고생하면 되겠군' 하고 눈치챈 듯하다.

　숨에서 나온 김이 안경을 뿌옇게 가려 포장마차 국수를 받아든 것처럼 앞이 안 보인다. 남편이 입고 있는 윗도리 자락을 당겨 내 안경을 닦아준다. 남편이 내게 안경을 씌워줬을 때 내 눈에 선명하게 들어온 풍경에 압도당한다. 정상을 알리는 기념석과 태극기가 휘날리는 작은 탑, 정자와 몇 개의 운동기구가 있는 산의 정상이 그야말로 인산인해를 이룬다. 경사진 언덕, 올라오는 계단까지 사람들로 꽉 들어차 여기가 우리 뒷산이 맞아? 하고 놀란다. 남편과 나도 자리를 잡고 서로 떨어지지 않으려고 가까이 붙어선다. 남편의 귀에 "우리 동네 사람들이 전부 왔나 봐, 산이 무너지지는 않겠지?" 하고 속삭이자 그가 하는 말,

　"사람들도 마음이 힘든가 봐."

　사람들도, 라니. 뒤통수를 맞은 듯하다. 잘 웃는 사람이라 남편의 마음이 힘든 줄 몰랐다. 뭐 눈에는 뭐

만 보인다고, 내 눈에는 sns에 올릴 인증 사진 찍으러 온 사람들로 보였는데, 남편 눈에는 첫해에 힘든 마음을 녹여내고 행운을 빌러 나온 사람들로 보였다. 내 곁에 있는 제일 가까운 사람의 마음도 몰랐다니, 가슴이 미어진다.

동쪽 하늘이 어슴푸레 밝아지며 산은 더 짙어진다. 산과 산 사이로 눈부신 한 점이 보이기 시작하자 사람들은 마치 해를 처음 보기라도 한 것처럼 탄성을 지르고 핸드폰을 들어 그 모습을 담는다. 나는 핸드폰을 드는 대신 남편의 허리를 끌어안고 그의 눈을 올려다본다. 눈동자 속에 빛의 근원은 한 점이었다가 빠르게 그의 눈 전체를 황금빛으로 물들인다.

태양 앞에 서로를 부끄러움 없이 끌어안을 수 있는 사람은 남편밖에 없다는 사실을 깨닫는다. 내 옆에 있는 사람이 나를 제일 사랑하는 사람이라는 (진부하지만) 감동적인 말이 떠오르며 잡히지 않는 행복을 찾아 멀리 떠나는 어리석음을 저지르지 말아야겠다고 생각한다.

나도 모르는 어떤 멜로디가 입안에서 맴돈다. 내가 흥얼거리자 남편이 기분이 좋냐고 묻는다. "어. 그런데 무슨 노래인 줄 모르겠어."

"박정현의 '이젠 그랬으면 좋겠네'잖아." 남편이 말한다.

맞다. 조용필의 '이젠 그랬으면 좋겠네'이다. 남편이 조용필의 원곡도 좋지만, 박정현의 리메이크가 국보급이라며 극찬을 퍼붓는 통에 괜히 기분이 나빠진다. 나는 원곡보다 더 좋은 리메이크곡은 없다고, 조용필의 단전에서 끌어올리는 쓸쓸한 창법이 압권이라고 더 큰 목소리로 말한다. 남편은 내게 목소리를 낮추라고 윽박지르더니 당신이 이문세보다 빅뱅의 붉은 노을이 더 좋다고 하지 않았냐며, 왜 줏대 없이 이랬다저랬다 하냐며 따지듯 말해 감정이 상한다.

"당신 새해 계획은 너그러운 사람 되기, 어때?"

내가 묻자 남편은 "좋네, 그럼 당신은 비아냥거리지 않기로 다짐한 거야?" 한다.

손잡고 올라간 뒷산을 각기 내려온다. 어차피 인생은 각자도생이다. 집에 들어오자마자 침대에 누워버린다. "떡국 끓이려고 떡국떡 불려놓은 거 아니야?" 하는 남편의 물음에 "아닌데? 떡 튀김 해 먹을 건데" 하고 어깃장을 놓는다.

다정하고 재미있게 살기, 너그러운 사람 되기, 비아냥거리지 않기 등 이미 글러버린 새해 계획이 눈앞을 스쳐 지나간다. 한국은 원래 음력 설날이 진짜지,

하는 변명거리를 떠올려놓고 안심하는 동시에 부끄러움도 느낀다. 하긴, 이러고 사십몇 년을 살았는데 해가 바뀌었다고 달라진다면 죽을 때가 된 거겠지.

*

우당탕 소리에 놀라 몸을 일으킨다. 어둠 속에서 남편이 외투를 벗어 올리려다 놓치는 바람에 선반에 쌓인 물건을 떨어트린다. 거친 호흡과 몸짓으로 비틀거리며 바지를 벗고 있다. 나름 나를 깨우지 않겠다고 불도 켜지 않고 움직이지만, 움직임 하나하나가 불안하고 소리가 크다. 취한 와중에도 씻으러 욕실에 들어가길래 넘어져서 뇌진탕에 걸릴까 봐 귀가 예민해진다.

왜 이렇게 술을 마시고 다니냐고 화내거나, 조용히 하라고 소리 지를 수도 있는 일을 참는다. 사람들도 마음이 힘든가 봐, 라고 낮게 말하던 남편의 목소리가 마음에 남아 있다. 그의 어려움을 내가 헤아리거나 풀어줄 수 없어서, 술이라도 마셔서 스트레스가 풀린다면 얼마든지 그렇게 하라고 놓아준다.

씻고 나온 남편은 침대로 푹 쓰러진다. 차가운 살이 닿아 놀란다. 남편은 팬티 한 장을 간신히 입었을 뿐이다. 지금 영하 십 도쯤 되는데, 얼어 죽기 딱 좋군. 머리를 들어 베개를 받쳐 주고 이불을 덮어 준다. 그가 팔을 들어 나를 끌어안고 고개를 내 품에 깊이 묻는다.

"미안해."

뭐가, 라는 내 질문에 답을 하기도 전에 코를 골기 시작한다. 술을 마셔서 미안하다는 건지 걱정을 끼쳐서 미안하다는 건지 모르겠다. 금세 잠에 빠진, 피곤하고 퍼석퍼석한 그의 얼굴을 쳐다보고 있자니 어쩐지 눈물이 날 듯하다. 미안하긴 뭐가 미안해. 집에 무사히 잘 들어왔으면 됐지. 가만히 그의 얼굴을 쓰다듬는다.

새벽에 깨어보니 이불은 내가 둘둘 말아 덮고 있고, 엄동설한에 팬티 한 장만 입은 가녀린 다리의 남자가 추운지 가랑이 사이에 두 손을 끼고 자고 있다. 이불을 덮어 주니 그제야 다리를 쭉 편다. 아끼는 고급 멸치를 꺼내 콩나물국을 끓여 놓고 외출한다. 남편에게 전화가 온다. 술을 많이 마시긴 했는데 감기까지 와서 출근을 못 했다고, 술 깨는 약과 몸살 약을 사다 달라고 부탁한다. 밤새 이불 없이 떨어서 감기가 왔을지도 모른다는 얘기는 비밀에 부친다.

"콩나물국은 먹었어?"

"응, 콩나물국 덕에 속이 많이 풀렸어."

다정한 대화가 오고 간다. 그런데 책이 비싸 보이던데 어떡하냐고 묻는다.

"비싼 책? 무슨 소리야?"

"당신이 보던 책 말이야. 선반 위에 올려놨던 거. 어젯밤에 내가 떨어지는 거 잡다가 놓쳐서 몇 장 찢어졌는데 못 봤어?"

"뭐? 그걸 왜 이제 얘기해?"

언성이 높아진다.

"그래서 내가 어젯밤에 미안하다고 했잖아. 못 들었어?"

"젠장, 그게 그 소리였어?"

도서관에서 대출한 책이다. 급히 온라인 서점에 들어가 책 이름을 검색한다. 하필 이만 원이 넘는 양장본이다. 감기약은 개뿔, 콩나물국도 다 뱉어내라고 하고 싶은 심정이다. 다시 간밤으로 돌아간다면, 그의 얼굴을 쓰다듬는 대신 뺨을 후려치고 싶다. 어차피 만취라 기억도 못 할 테니.

　세진이가 잘 지내는 것 같아 심술 난다. 외롭고 쓸쓸하다거나 서울과 내가 그립다는 말을 기대하지만, 지방 도시의 여유로움만 자랑하듯 얘기하는 세진이 원망스럽다. 친정 부모님과 고교 동창이 있으니 쓸쓸함을 느낄 틈이 없겠지. 나는 심장의 반이 떨어져 나간 듯 허전한데, 세진과 걸었던 동네 골목마다 추억이 떠올라 그리움이 사무치는데, 연일 올라오는 sns 속 세진의 활짝 웃는 얼굴이 야속하기만 하다. 이렇게 떠날 거면 왜 널 사랑하게 했니, 라는 통속적인 가사가 떠오르며 어쩐지 비운의 여성이 된 듯한 감상에 젖는다. 집에 귀가하자 남편이 전화를 왜 이렇게 안 받냐며 (많이 걱정한 듯) 인상을 찌푸리며 말한다. 아, 내게는 나만을 생각하는 남편이 있었지, 마음이 훈훈해지며 기분이 좋아지려는 찰나 그가 날카롭게 말한다.

　"전화기는 폼으로 들고 다녀? 냉장고 관리는 안 할 거야?"

　상한 나물 때문인지 설사병이 나서 약을 사오라고 전화했단다. (그는 쉰 나물을 왜 제때 안 버리냐고 소리 지르고, 나는 그게 벌써 쉬었냐고 미안한 듯 졸아드는 소리로 답한다. 그러나 속으로 하는 생각. 애도 아니고 쉬었는지 썩었는지 구분도 못 하나?)

조금 전 한 여자가 친구를 그리워하며 우수에 젖은 채 걸었던 길을, 또 한 여자가 남편의 지사제를 사기 위해 허둥대며 뛰어가고 있다. 그 두 여자가 모두 나라는 사실이 믿기지 않는다.

*

핸드폰에 부재중 전화가 있고, 읽지 않은 메시지도 쌓여있다. 모두 세진으로부터다. 무슨 일인가 싶어서 얼른 통화 버튼을 누른다.

"무슨 일 있어?"

"그냥"

그냥, 이라는 세진의 말은 심경이 복잡하다는 뜻이다. 얼른 말해 보라는 채근 대신, 소소한 나의 근황을 전한다. 미진과 충동적으로 등산을 갔다가 미끄러져 온몸에 파스를 도배하는 신세가 됐고, 네가 탐내던 골목 끝의 낡은 집은 철거돼 새 빌라가 올라가고 있으며, 우리 아이들의 담임이었던 선생이 정치인이 되어 당원이 돼달라는 전화가 오는 통에 고초를 겪었다는 이야기를 한다(그 선생은 세진에게도 전화했는데 "저 서울 사람 아니에요" 하니 "유감이네요" 하고는 뚝 끊었단다). 세진은 그래도 "눈 쌓인 산은 아름답지?, 그 단독 주택 정말 예뻤는데, 그 선생님 그럴 줄 알았어" 하며 맞장구를 치더니 갑자기 말을 멈추고 "모두 그립다"라고 말한다. 이거였구나. 세진의 '그냥'의 정체는.

외롭다고 했다. 삶의 터전을 바꾸는 문제는 쉽지 않은 일이라고 했다. 친정 식구와 동창들의 한바탕 환영식이 끝나고 나자 큰 섬에 혼자 남겨진 기분이라고 했다. 오래 살던 익숙한 동네에선 시계 볼 여유도 없었는데, 지금은 시간이 가지 않아 자기가 쓸모없는 사람이 된 것 같다고 했다. 일자리 찾기도 어렵고, 식구들이 나가고 나면 하루가 무참히 길다고 했다. 그래서 내가 이사 가지 말라고 했지, 외로울 거라고 했잖아! 화가 치밀어 소리 지르고 싶은 걸, 간신히 누른다. 되돌릴 수 없는 일에는 왜 그랬냐고 묻지 말아야 한다. 대신 아직 적응 중이라 그런 거라고, 문화센터에도 나가고 독서 모임에도 참여해서 네가 좋아하는 사람들로 다시 너의 세계를 만들라고 조언한다. 마음에 드는 사람이 나타나면 내게 했던 것처럼 "라면 먹고 갈래요?"도 하고. 세진이 풉, 하고 웃는다. 그 웃음소리에 용기 내 "나도 네가 그리워." 애틋한 말을 건넨다. 세진은 갑자기 웃는 건지 우는 건지 모를 목소리로 "거짓말! 너 매일 내 흉본다며? 더 외롭도록 메시지에도 빨리 답장하지 말라고 했다던데?" 하고 따지듯 소리친다. (나는 속으로 미진이 년, 하고 읊조린다.)

"세진아, 그게 아니라…."

"네가 왜 그러는지 알아. 그리고 좋아. 그렇게라도 매일 나를 생각해 준다면."

우리는 말을 잇지 못하고 각자의 도시에서 울음을 깨문다.

*

미진의 메시지를 읽고 잠을 못 이룬다. "같은 돈을 주고도 역방향 좌석 예매하는 사람이 있다던데, 설마 너는 아니겠지?" 미진도 나의 허술함과 운 없음을 간파한 지 오래다. ktx에도 역방향이 있었나, 불안감이 엄습한다. 내가 뒤척이자 남편이 묻는다.

"책이 나오는 날이라 그래? 내가 친구들하고 친척들, 회사에도 홍보해서 팔아볼게. 너무 걱정하지 마."

"아니, 그게 아니라 내가 아무래도 내일 대구 가는 ktx를 역방향으로 예약한 것 같아."

남편은 흠칫하더니 왜 꼼꼼히 확인을 안 했냐고 소리 지르는 대신 아닐 거라고, 아무리 운이 없어도 몇 개 안 되는 역방향 좌석을 골랐을 리 없다고 전에 없이 다정하게 말한다(내일 내가 집을 떠나서일까).

애써 잠을 청한다. 자정이 넘었을 것이다. 첫 기차를 타기 위해서는 일찍 일어나야 한다. 칫솔도 잠옷도 다 준비해 놓을 테니 그저 몸만 오라고, 보고 싶으니까 빨리 오라는 세진의 들뜬 목소리가 귓가에 맴돈다. 심장이 두근거려 눈이 자꾸 떠진다. 아마 세진도, 미진이도 같은 이유로 잠 못 들고 있을 것 같다.

오만가지 생각들이 머릿속을 빙빙 돈다. 보고 싶은 세진이, 미진과의 첫 여행, 늦잠 자서 기차를 놓치면 어떡하지, 책이 나오는 날, 잘 팔릴까 하는 걱정은 접어 두고 다음 책 쓸 생각부터 하라는 저명한 작가의 조언, 역방향 좌석이면 미진에게 욕먹을 텐데 하는 걱정이 다람쥐 쳇바퀴처럼 끊임없이 돈다.

일 년 동안 여러 일이 있었다. 난생처음으로 하고 싶은 일이 생겨 즐겁게 글을 썼다. 새 친구가 생겼고, 오랜 친구는 떠나갔다. 오늘은 나의 첫 책이 나오는 날이고, 내 심장의 한편 같았던 친구의 그리운 얼굴을 보는 날이기도 하다.

인생은 어떤 맛이 나올지 모르는 사탕 뽑기라고 한다. 내가 여태 뽑은 사탕은 쓴맛이거나 신맛뿐이어서, 지지리 운이 없는 나는 내 사탕 통마저 불운의 맛으로 가득 차 있다고 믿었다. 아무리 간절한 마음으로, 신중한 손길로 휘저어 뽑아도 그러했다. 그러나 언젠가부터 달콤한 맛이 하나씩 나오더니 지금은 무얼 뽑아 입에 넣어도 단맛이 난다. 내가 쓴맛을 먼저 뽑았을 뿐, 나의 사탕 통도 행복과 불행이, 기쁨과 슬픔이 골고루 들어있는 평범한 것이었다. 내게 남은 사탕이 단맛뿐이라고 자신할 수 없고, 언젠가 강력한 쓴맛에 또 눈물을 흘리는 날이 있을지도 모른다. 그래도 내가 해야 할 일은 주저하지 않고 사탕 통에 손을 넣는 것. 무슨 맛이 나올까 미리 염려하지 말고, 그날의 맛에 따라 기뻐하고 안도하며 때로는 눈물짓는 일이다.

자는 줄 알았던 남편이 내 쪽으로 돌아눕더니 대뜸 지금 내게 필요한 것이 무엇이냐고 묻는다. 나는 잠시의 생각 끝에 시간과 영감이라고 말한다(매우 시적인 대답에 나 자신도 놀란다). 남편은 또 흠칫하더니 편해진 목소리로 말한다.

"정방향 좌석이라고 말할 줄 알았더니. 그래도 돈과 건강이 아니라서 다행이네."

"돈 필요하다고 하면 주는 거야?" 하고 묻자 남편이 숨을 참는 듯 소리가 잦아든다. 그의 숨소리가 다시 들리기를 귀 기울이다 나도 모르게 스르르 잠이 든다.

편지의 끝에 그는 우리 가족의 환대에 고마움을 표시했다.
그러면서 이제 '고맙다'라는 말의 의미를 이해하지만,
그럼에도 여전히 그 말은 자신의 마음을 표현하기에는
충분하지 않다고 덧붙였다.
그날 저녁 엄마는 특별한 식사를 준비해
좋은 소식을 축하했고,
우리는 식사를 하려고 커피 테이블 앞에 앉아
물 잔을 들고 건배했다.
그러나 나는 축하하고 싶은 기분이 아니었다.
그를 못 본 지 몇 달이나 되었지만,
그제야 피르자다 씨의 부재를 느꼈다.
그의 이름을 부르면서 물 잔을 치켜들며,
그제야 비로소 공간적으로, 시간적으로
아주 멀리 떨어진 누군가를 그리워한다는 게
무엇인지 알게 되었다.

《축복받은 집》중 '피르자다 씨가 식사하러 왔을 때'
줌파 라히리

그걸 왜 이제 얘기해

초판 1쇄 발행 2023년 12월 1일

지은이 봉부아
펴낸이 박경애
편집 박경애, 정천용
디자인 정은경
표지 일러스트 김예슬

펴낸곳 자상한시간
출판등록 2017년 8월 8일 제 320-2017-000047호
주소 서울시 관악구 중앙길 59, 1층
전화 02-877-1015
이메일 vodvod279@naver.com

ISBN 979-11-982403-3-0 03810